光文社文庫

おとぎカンパニー
日本昔ばなし編

田丸雅智

光　文　社

おとぎカンパニー　日本昔ばなし編

目次

Otogi Company

Nihon Mukasi Banashi

装幀　bookwall
本文イラスト　usi

Episode 1

一寸上司

（一寸法師）

私の上司は一寸だ。

比喩《ひゆ》表現なんかじゃない。

身長が本当に一寸、つまりは三センチほどなのだ。

その上司――部長と初めて会ったときにはびっくりした。

入社当日、部署のあるフロアに緊張しながら入ってすぐに、新入社員をサポートするメンターの先輩が耳元でこう言ったのだ。

「まずは部長に挨拶《あいさつ》してきて」

私が入社したのは大手の日用品メーカーで、配属されたのは商品企画部のひとつだった。

しかし、私は周囲を見渡しながら、小さな声で先輩に聞いた。

「あの、どの方が部長さんですか……？」

「一番奥のデスクの人だよ」

私はそちらに目をやった。が、そこは空席で誰も座ってはいなかった。

「いまはご不在なんですか？」

「いやいや、いらっしゃるじゃん」

「えっ？」

意味が分からず、私は困惑してしまう。

そんな私の様子に気がついて、先輩が言った。

「もしかして、部長のこと、人事から何も聞いてないとか？」

「なんですか……？」

「なるほど、そりゃ驚くわ。ほら、デスクの上をよく見てみなよ。ちゃんといるから」

「はあ……」

遠くから、私は目を凝《こ》らしてみた。

その直後、思わず声を上げていた。

よく見ると、デスクの上には、さらに小さな小箱のようなデスクがあった。そしてそこには小さな人が座っていて、じっとこちらを見つめていたのだ。

「こら新人くんっ！　サツアイが遅いですよっ！」

そんな声が耳に届いて、私は反射的に背筋を伸ばした。そして一瞬遅れて、どうやらその声は目の前の小さな人が発したものらしいと理解した。

ということは、あの小さな人が私の部長……？

頭の中は混乱していた。

が、先輩に促され、私は急いで奥の席へと走っていって名前を名乗った。

「今日からお世話になります！　どうぞよろしくお願いします！」

「はい、よろしく。キミの席は一番端です。うちは商品企画部ですが、まずは仕事の基礎を覚えるところからやりましょう」

部長はにこやかにそう言った。

「はい！　お願いします！」

私は勢いよく頭を下げた。

自分のデスクのほうに行くと、先ほどの先輩がやってきた。

「分からないことがあったら、何でも聞いてね」

お礼を言いつつ、私は声を潜《ひそ》めて先輩に言った。

「先輩、あの、部長さんのことを……」

「ああ、そうだよね。ここだと何だから、あっちで話そうか」

廊下に出ると、先輩はこんなことを教えてくれた。

うちの部長は生まれたときから一寸で、その身長のまま大人になった人なのだという。

小さいからといって、ひ弱なわけでは決してない。

むしろ、その身長からは考えられないようなパワーを持っていて、たとえ誤って踏まれたとしても潰《つぶ》れたりせず、押し返してしまうほどだ。脚力も強くて数メートルは余裕でジャンプできるので、高いところへも簡単に昇り降りしてしまう。声だって普通の人と同じくらいの音量で、生活に不便なことは何ひとつない。

「パソコン作業はどうされてるんですか……？」

尋ねると、先輩は言った。

「キーボードは、タップダンスみたいにして足で器用に打ってるね」

「すごい方なんですね……」

私は感嘆しつつ口にした。

「それに、身長のハンディキャップをものともしないで、部長にまで昇進されて……ものすごく優秀なんですね」

すると、先輩はなぜだか苦笑いを浮かべた。

「まあ、そのへんの事情はおいおい分かるよ」

「どういうことですか……？」

「いやあ……」

先輩はそれ以上は口にせず、話を終えた。

いた。

「さ、ぼちぼち仕事に戻ろう。あんまり席を外《はず》してると、部長がうるさい」

その日から、私は先輩の下につき、仕事を少しずつ教わりはじめた。

しかし、その合間にも風変わりな部長のことが気になって、つい目をやってしまう自分がいた。

そんな中、部長のすごさを目の当たりにする出来事がさっそくあった。

あるとき部長は、部署のみんなにおやつだと言ってお菓子の差し入れをしてくれたのだ。

「はい、キミにはこれをあげましょう」

部長が抱えてきたお菓子を見て、私は言った。

「えっ、これ、私すごく好きなんです！」

「そうでしょう、知っていました。ボクはみなさんの好みをすべて把握してますからね」

「でも、いただいちゃっていいんですか……？」

「ええ、ボクからのプレゼントです」

部長は一人一人に違うおやつを渡していった。どうやらすべてその人の好みのものらしく、なんという気配りだろうと私はすっかり感激した。

またあるときは、部長の習慣にも気がついた。朝出社すると、コーヒーをどこかに運んでいく部長の姿をよく見かけたのだ。

一度こっそり後をつけると、部長は自分の上司である役員の部屋へと入っていった。どうやら部長は毎朝自分でコーヒーを淹《い》れて自主的に役員のもとへと運んでいるらしく、なんというもてなしの心だろうと感動した。

小さいがゆえに小回りが利いて、細かい気配りができるのだろうか……。

そういう考えもよぎったが、いや、と私は思い直す。

これは身体《からだ》の大きさの問題じゃない。心構えの問題だ。

私も部長に学んで、しっかり気配りのできる人にならなくちゃ――。

しかし、そんな自分の考えに、私は徐々に疑問を持ちはじめるようになる。

発端は、ある日、事務スタッフのデスクに置かれた書類を目にしたことだ。

その書類には部長の名前が書かれていて、どうやら部長が提出したものらしかった。が、そこに貼《は》られたものを見て、私は「あれ？」と首を傾《かし》げた。それは一枚の領収書で、その明細には前に私が部長からもらったお菓子の名前が書かれていたのだ。

さらに詳しく見てみると、領収書には他の人がもらっていたお菓子の名前も記されていた。

そして書類の申請理由に目を移すと、コミュニケーション費と書かれていた。

混乱しながら、もしかして、と私は思う。

あのお菓子の代金は、てっきり部長の懐《ふところ》から出ているのだと思っていた。が、あれはぜんぶ会社のお金だったのか……？

私は機会をうかがい、ためらいながらも先輩に尋ねた。

「あの、このあいだ部長からいただいたおやつのことなんですが……」

私は自分の見た書類のことを正直に話した。

すると、先輩は苦笑した。

「あー、見ちゃったかぁー」

「えっ、ということは……」

「そうだよ」

先輩は言った。

「部長はね、さも自分が身銭を切ってるみたいに振る舞ってるけど、裏でこっそり経費として落としてんの。コミュニケーション費とかいう、よく分からない名目で。まあ、みんなそれに気づいてるってことに、部長は気づいてないみたいだけど」

「……そんなことしていいんですか？」

「普通は完全にアウトだろうね。でも、部長は役員のお気に入りだからさ。黙認だよ」

「役員……あっ」

私は毎朝、コーヒーを運んでいる部長の姿を思いだした。

それを話すと、先輩は言った。

「そうそう、あれも気に入ってもらうためのゴマすりだね。部長がいまの役職に昇れたのもその賜物《たまもの》だって、みんな陰では言ってるよ」

「そんな……」

私の中で、部長の像が音を立てて崩れていく。

先輩はさらにつづけた。

「最初にあんまり言うとアレだから、言わないようにしてたんだけどね。うちの部長は身体が一寸なだけじゃなくて、器も一寸だっていうのが、もっぱらの評判なんだよ」

そして先輩は、この際だからと、いろいろなことを教えてくれた。

部長のランチの行先は、いつも決まってスーパーの食品売り場らしい。試食コーナーを回ってお腹を満たしているのだという。

「えっ、バイキングじゃないんですか……？」

「違うよ。周りにはそう言ってるけど、あれは試食のことを勝手にバイキングって呼んでるだけ。ランチにお金をかけてる感じを演出してんの」

「ちっさ……」

私は思わず本音がこぼれる。

部長は通勤するときも、無断で他人につかまり移動している。もちろん、電車賃などは払わない。にもかかわらず、定期代は会社にしっかり申請している。

出張しても、移動はキセル。宿泊は見ず知らずの他人の部屋に侵入して、隅のほうでこっそりと。浮いたお金は、すべてせこせこ貯めている。

「ちっさ！」

私は完全に幻滅していた。

そりゃあ、器も一寸だって言われるよ……。

そんなことがあってから、私の部長を見る目はすっかり変わった。そうなると不思議なもので、部長の小ささに自分でも気がつくようになっていった。

部長はよく、さも忙しそうにどこかに出かけていっていた。

「あの、部長、ここに印鑑をいただきたいんですが……」

デスクから去ろうとするところに声を掛けると、部長は言った。

「ちょっといまバタバタしていましてね、デスクの上に置いておいてください。ではっ」

「は、はい……」

その少しあとのことだった。用事があって資料室に入っていくと、どこかからイビキが聞こえてきた。妙だなと思いつつも資料を探してうろついていると、本棚の陰に部長の姿を発見した。部長はアイマスクをして、ペンを枕に気持ちよさそうに眠っていたのだった。

デスクにいるときも、部長は声を掛けづらい雰囲気を醸《かも》しだしていることが多かった。パソコンのキーをカタカタ言わせ、パンッと大きな音でエンターキーを押したりするのだ。が、それも忙しそうに見せるための演技なのだと、私は気がつく。

険しい顔でパソコンを見ているときも、おんなじだった。難しい案件を処理しているのだと勝手に思いこんでいたが、近くを通ったときにパソコン画面が目に入り、真実を知る。なんのことはない、部長はソリティアをしていたのだった。

部長にはずいぶんがっかりしたが、私は先輩のおかげで仕事にも慣れ、やがて自分でも商品アイデアをあれこれ考えてみるようになった。

新商品に関する社内コンペが開かれるという話を聞きつけたのは、そんなある日のことだった。

コンペに通ると商品として売りだされるということで、私は自主的に残業し、日頃温めていたアイデアをもとにがんばって企画書を作成してみた。

さあ、提出だ——。

そのとき、不意に声が耳に届いた。

「こんな遅くまで、何をやっているんですか？」

びっくりして周囲を見ると、部長が私のデスクの上に立っていた。

「ボクは管理職として、部下の現状をきちんと把握しておかねばなりませんでね。この資料は何ですか？」

私は社内コンペに応募しようとしていること、そしてその企画書ができたところだと部長に伝えた。

すると部長はこう言った。

「自主的にチャレンジするのは、いい心がけです。そういうことでしたら、ボクも一肌脱ぎましょう。企画書を見てあげますよ」

「えっ？」

「遠慮することはありません。上司としての責任ですよ」

「はあ……」

あまり気は進まなかったが、私は部長に企画書を見せた。

部長はそれを一読してから、口を開いた。

「ふむ、悪くはないんじゃないでしょうか」

「よかったです……」

しかし、ホッとしていたのも束の間、部長は言った。

「でも、ボクだったら、さらにブラッシュアップできるかなぁ」

「どこか引っ掛かるところがあったでしょうか……？」

「あると言えば、ありましたね」

「どこですか……？」

「それは自分で考えないと。あえてボクは言いませんよ。ボクが言ったら答えになってしまいますから。でも、ヒントを差し上げましょう。前段か本論かで言うならば、改善の余地があるのは前段ですね。おっと、これ以上は答えになる」

私は少しイラッとする。

言うなら言う、言わないなら言わないで、どちらかハッキリしてくれたらいいのに。持って回った言い方も、自分の実力をアピールするような感じがあって気になった。

しかし、指導は指導だ。言ってもらえるだけありがたい。自分なりに改善案を考えてみよう――。

その翌日、修正した企画書を持っていくと、部長は「うーん」と口にした。

「残念ながら、直っていません。ですが、締切は今日でしたよね？　仕方ありません。時間がないので、ズバリ教えてあげましょう。問題は、グラフですよ」

私は尋ねた。

「データが間違っていますでしょうか……」

「いいえ、レイアウトです」

「レイアウト？」

「これはボクしか気づかないレベルでしょうがね。ボクだったら、全部のグラフをあと一ミリ、上にするなぁ。ほら、ボクは身体が小さいじゃないですか。だから、そういうレイアウトによる微妙なニュアンスの違いが、人より分かってしまうんですね」

私は内心でがっくり肩を落とした。そして、修正しますとだけ短く伝え、デスクに下がったのだった。

そのときの言葉にも含まれていたが、部長は身長の話題を自分から口にすることが多かった。

しかし、それはじつはコンプレックスゆえのことなのだと、薄々勘づく。

それを裏打ちする出来事もあった。

あるとき、部長がこっそり薬のようなものを飲んでいたので、私は何気なく尋ねてみた。

「部長、お風邪ですか？」

「あ、いえ、これは……違います！」

部長は慌てた様子で何かを隠した。が、私はそれを見逃さなかった。部長が手にしていたのはサプリのボトルで、そこにはカルシウムと書かれていたのだった。

気にしてたんだ、と、私は思った。

いつもは自分が小さいことを誇るような口調なのに……。

そのうちメンターの先輩が結婚することになり、その披露宴《ひろうえん》で部長と隣の席になった。そのときにも、部長は聞いてもいないのに自分からこんな話をしはじめた。

「ボクはね、結婚ができないんじゃなくて、しないんですよ」

「はあ」

「ときどき、合コンにも無理やり連れていかれるんです。でも、いつもロクなことがありません。それはなぜか。ボクだけモテてしまうんですね。ほら、ボクって顔がそこそこいいじゃないですかぁ？　だから、女性も放っておかないんでしょう」

でも、と部長は急に口調を変えた。

「中には、小さくてかわいいなどと言って寄ってくる人もいましてね。ボクはそれが気に食わないんです。何が、かわいい、ですか。そういう人は、小さいからといってバカにしているんですよ。ボクはペットじゃないんだ！　ふざけるなっ！」

「部長、飲み過ぎですって」

「おっと失礼、取り乱しました……」

私はなんだか、部長がかわいそうになってきていた。

もしかすると器の小ささは後天的なものであって、生まれつきではなかったのかもしれないな。そんなことも考えた。

身体が小さいことで、部長はこれまでいろいろな苦労をしてきたはずだ。嫌なこともたくさん言われてきたに違いない。そんな中で、部長は気持ちだけでもなんとか大きく見せようとがんばってきた。その積み重ねが、いまの部長の性格を築いたのではないだろうか……。

そう思うと、私は部長の器の小ささを安易に嘲《あざけ》ってはいけないような気持ちになった。

人にはそれぞれ、他人には分からない事情というのがあるものなのだ。

そう考えて、私はいろいろと反省した。

もっとも、後日、先輩から部長のご祝儀が「割り切れないから」という理由で一円だったと聞いたときには呆《あき》れたけれど。

そんなある日、部長から急に呼び出され、私はこう伝えられた。

「先日のキミの企画が採用されることになりました」

それはあの社内コンペに出したもので、私は思わず叫んでしまった。

「ホントですか!?」

「ええ、私が猛プッシュした甲斐《かい》がありました。社としても絶対にやるべき企画だと確信していましたからね。私の熱意が上に伝わったのでしょう」

いや、そんなことは事前に一言も言っていなかったような気が。

「ついては、商品化のフェーズに移ることになりました。あとは私が引き取りますから、ご安心を」

「えっ、私が担当するんじゃないんですか？」

「新人には荷が重い仕事ですからね。ここはベテランの私に任せてください」

有無を言わさず、部長は自分の仕事にしてしまったのだった。

やがてその商品が発売されると、大ヒットを記録した。

部長は得意そうに、みんなに言った。

「このたび、例の商品のヒットを受けて、社長賞を頂戴する運びとなりました。畏《おそ》れ多いと一度は辞退したんですが、社長がどうしてもと譲らない。そこまでおっしゃるならと、謹《つつし》んでお受けすることに決めた次第です」

部長が去ると、メンターの先輩をはじめ、事情を知る人たちは大いに同情してくれた。

「なんだあれ、自分が考えたことになってんじゃん……」

「ひどいよな……」

「さすがは一寸……」

でも、じつのところ、私はそれほど気に病んではいなかった。自分の考えた商品が世に出たこと自体がうれしかったし、そのことを身近な周囲が知ってくれているだけで十分だった。

「おまえはいいやつ過ぎるよ。部長もちょっとは見習えっての」

先輩たちは苦笑を浮かべるばかりだった。

その部長が小躍りしながらデスクに戻ってきたのは、社長賞の授与式があった日のことだ。

「どうしたんですか、そんなに飛び跳ねられたりして」

私が聞くと、部長はこれです、と手にしたものを見せてきた。

「社長賞の副賞でいただいたものが素晴らし過ぎて……」

「なんですか？」

「何を隠そう、打ち出の小槌《こづち》です」

「打ち出の……」

「小槌です。知りませんか？　これは願い事を口にしながら振ると、その願いが叶《かな》うという代物《しろもの》なんです。ただし、力を発揮するのは一度だけ。いやあ、さっそく使おうと思いますが、さすがにドキドキしてきましたよ」

部長は完全に自分が使う気でいるらしかったが、まあいいか、と私は思う。

自分には、どうせ今のところ絶対に叶えたい願い事などありはしない。

それに、だ。部長のいつになくうれしそうな様子を見ていると、自分の権利を主張しようという気も湧《わ》かなかった。それどころか、私はひとり、妙な感慨にとらわれていた。

部長の願いといったら、ひとつしかない。

部長もとうとう、背を伸ばすことができるんだ——。

私はこんなことも考える。

身体が人並みに大きくなれば、器のほうも少しは大きくなるだろうか、と。

きっとそうなるに違いないという予感があった。何しろ、生まれてこのかた見ていた世界が、根本から変わることになるのだから……。

部長は言った。

「ということで、小槌を振ってほしいんですが、ちょっと手伝ってもらえますか？」

「はい、もちろんです！」

私は晴れ晴れした気持ちで返事をした。

さあ、一寸からの卒業だ——。

しかし、手渡された小槌をさっそく振ろうとしたときだった。

部長が慌てて、こんなことを言ったのだ。

「待ってください！　まだ私の願い事をお伝えしていないじゃないですか！」

「えっ？」

「いいですか？　ちゃんとこう唱えてくださいよ？」

そして部長は、ある言葉を口にした。

それを聞き、私は耳を疑った。

「えっと、それって冗談……ですよね？」

「なんですって？　キミはバカにしているんですか!?」

部長のすごい剣幕に、私は即座に謝った。

「す、すみません！　そういうわけではっ！」

「それなら、つべこべ言わずにやってください！　絶対に間違えないでくださいよ？　はい、お願いしますっ！」

「……では、いきますよ？」

私は小槌を振りながら、指示された通りに口にする。

「二重《ふたえ》になれ、二重になれ、二重になれ……」

唱え終わると、部長は鏡に飛びついた。そして自分の顔をたしかめると、大声で叫んだ。

「うわぁ！　ちゃんと二重になってるぅっ！」

どうやら部長のコンプレックスは、身長だけではなかったらしい。

その肝心の部長の瞼《まぶた》はあまりに小さく、私にとっては変化がまったく分からなかったのが残念だったが。

Episode 2

4
（舌切り雀《すずめ》）

幼馴染《おさななじみ》でもありライバルでもある祐介《ゆうすけ》は、中学時代、同じリトルシニアのチームに所属していた。そこで互いに4番を競い合い、卒業後はそれぞれ別の強豪校に進学した。

「まずはどっちが先にレギュラーを取るかだな」

強豪校ともなると、全国からエースで4番クラスの選手たちがぞろぞろ集まる。そんなエリート集団の中でレギュラーを獲得するのは至難だし、ましてや4番ともなると凄《すさ》まじい競争率だ。おれは心の中で、祐介より早くレギュラーになる。そして4番の座を獲得してやると強く心に決めて進学した。

入部早々、おれは猛烈に練習に打ちこんだ。1年生が担当する雑用をこなしながら、放課後のチーム練習を終えたあとも深夜まで、そして朝も早くから起きだして自主練に励んだ。その努力の甲斐《かい》があったのか、2か月後には夏の選抜に向けたチームで控えの投手を任されて、さらにはバッティングでも下位打線ながらスタメンに抜擢《ばってき》されたのだった。

おれは祐介を思い浮かべ、優越感に浸《ひた》った。

見たか祐介。おれはやったぞ。この調子だと4番になるのもおれのほうが先だろうな——。

ところがだ。ちょうどその頃、こんな噂《うわさ》が聞こえてきた。

――あの強豪校に1年生にして4番に抜擢されたやつがいるらしい――

それは祐介の進学した高校のことだった。まさかと思い、おれはすぐさま周囲に聞いて噂の真偽《しんぎ》をたしかめた。すると、件《くだん》の人物はやはり祐介らしいことが判明した。

おれは愕然《がくぜん》とすると共に猛烈な嫉妬心《しっとしん》に駆《か》られた。祐介はスタメンどころか、すでに4番を獲得していたのだ。しかし同時に心の中には疑問も浮かんだ。たしかにあいつには才能がある。けれど、いきなり4番を任されるほどだとはどうしても思えなかったのだった。あるいは、自分の見立てが間違っていたのだろうか。それとも、才能が突然開花したのか……。

どうにも腑《ふ》に落ちない気持ちを抱えつつも、おれは目の前の練習にひたすら打ちこむことしかできなかった。

そんなある日、おれたちのチームは遠征で祐介の高校と練習試合をすることになった。

そして当日、試合のあとにおれは祐介を捕まえた。無安打だったこちらに対して、祐介はホームランを含む4安打の猛打賞でチームの勝利に貢献していた。目の前に突きつけられた現実に、おれは尋ねずにはいられなかった。

「祐介」

声を掛けると、祐介は振り返った。そしてこちらに気づくと口を開いた。

「おう、久しぶり。せっかくだし、ちょうど話しに行こうと思ってたとこだよ」

人懐《なつ》っこい笑みを浮かべている祐介に、おれはさっそく切りだした。

「なあ、聞きたいことがあるんだけど……」

「何だよ、いきなり」

少しためらったあと、おれは言った。

「いや、何があったのかと思ってさ」

「何がって?」

「ほら、おまえ、レギュラーどころか、もう4番を任されてるじゃん。すっかり先を越されちゃったなって」

「ああ、そのことか……」

「いや、実力だろうとは思ってるよ。でも、さすがに早いなぁって」

おれは湧《わ》き上がってくる嫉妬心を抑えつつ言った。

しばらくの間、何となく気まずい沈黙の時間が流れた。

反応を伺《うかが》っていると、やがて祐介は口を開いた。

「……まあ、おまえにならお話してもいいかな。これには訳があって。ちょっと変わったことがあったんだ」

「変わったこと？」

「そもそもは数学の小テストがきっかけで」

「は？　数学？」

意味が分からず戸惑っていると、祐介はこんな話を語りはじめた。

あれは入学して少し経《た》ってからのことだった。数学の授業で、先生が急に小テストをやるとか言いだして。

まあ、その日は何とか乗り切ったつもりだったんだけど、次の授業で返却された答案を見て、おれはひとつ大きなミスをしてたことに気がついて。

その問題でおれが書いたのは「1．14」って答えだった。でも、そこにバツがついててさ。結構自信があった問題だったからおかしいなと思って問題文をよく読み直したら、最後にこう書かれてたんだ。「少数第1位まで求めよ」って。小数第1位――つまりは「1．14」を四捨五入して、「1．1」にするのが正解だったんだよ。

単純な見落としで取れる問題を落としたんだから、悔しくて。それに、おれにはそういう詰《つ》めの甘いところが前からあって、野球にも通ずるところがあるんじゃないかって改めて考えさせられたりしたよ。

まあ、それはいいとして、事が起こったのはその日の夜だ。

宿題をしようとノートを開いたときだった。端のほうに奇妙な落書きを見つけたんだ。

書かれてたのは数字の「4」。

それだけなら別に無視できそうなもんだけど、妙だったのがその筆跡に見覚えがあったことだった。で、しばらく眺《なが》めて、あっと思った。その「4」は、間違いなく自分の筆跡だったんだ。でも、おれは首を傾《かし》げた。そんなところに数字を書いた覚えなんてまったくないのに、なんでだろうって。

目を疑ったのは次の瞬間だった。

なんと、その「4」がひとりでに動きだしたんだ。まるで小鳥が地面を歩くみたいな感じで。

呆然《ぼうぜん》と眺めてると、「4」はぴょんぴょん跳ねてノートに書かれた他の文字に近寄って、左端の角のところでつつきはじめた。つつかれた文字は少し欠けて、どうも「4」はそれを食べてるらしかった。しまいにはチュンチュン鳴く声まで聞こえてきて、もうその「4」は雀《すずめ》にしか見えなくなってた。

そのときだ。頭の中に、あの数学の小テストのことがよぎったのは。

直感のまま、おれはすぐにプリントを取りだしてたしかめた。そして予感が当たったことを理解した。

あの自分が間違えてしまった問題――「1．14」と書いてたところが、消してもないのに「1．1」になっててさ。たしかにあった「4」の部分がなくなってたんだ。

「……もしかして、おまえ、おれが四捨五入し忘れた『4』なのか……？」

ノートで跳ねる「4」に向かっておれは尋ねた。すると「4」は、頷《うなず》くみたいに角《つの》をちょこんと何度か下げた。

その様子を見てるうちに、おれはふと「舌切り雀」を思いだした。あの、おじいさんによくしてもらった雀が恩返しをするって話。

「おまえ、まさかおれが四捨五入しなかったから、助けられたとでも思って……」

半ば自分で自分の言葉を疑いつつ呟《つぶや》くと、「4」はまた頷いた。

おれは愕然としながらも、何とか頭を整理した。

なるほど、動物ならまだしも数字がだなんて、妙な恩返しがあったもんだな……。

そう思いながらも、チュンチュン鳴く「4」に興味を惹《ひ》かれはじめてる自分もいた。

「まあ、じゃあ……よろしくな」

気がつけば、そんな言葉が自然と出てた。

その日から「4」との生活がはじまった。「4」の行動範囲はノートの上に止《とど》まらなくて、いろんな場所で動き回った。時には机の上で跳ねてたり、時には手のひらに移ってきたり。「4」は文字をつついて食べてるらしかったから、おれはときどき米粒みたいな点を書いてエサやりの真似事《まねごと》をしてみたりした。

「4」は外に行くときもついてきて、学校へも一緒に登校した。ときどき授業中にチュンチュン鳴くのには困ったけど、ペットを飼ってるみたいで自然と愛着が芽生えていった。

こんなことも考えたよ。「4」ってさ、世間では嫌われることが多い数字だろ？「死」を連想させるとかで、不吉がられたり。それこそ四捨五入でも捨てられちゃうし、報われない数字だなぁって。その気持ちは実際に「4」と触れ合ううちにいっそう強くなっていった。同時に、だからこそ自分がちゃんと守ってやらないとっていう使命感にも駆られるようになっていって。

ちょうどその頃からだった。野球がうまくなりだしたのは。

なんだかボールがよく見えるようになってきて、試合をすると四球が増えて塁に出られることが多くなった。無駄なボールに手を出さなくなったからヒットが増えて、ホームランもどんどん打てるようになっていった。

もちろん、もともと人一倍練習してたって自信はあるけどさ、さすがになんでこんな急にって思ったよ。それでいろいろ理由を考えてみたんだけど、すべては「4」のおかげに違いないって思うようになって。

四球なんて、まさに「4」だろ？　ホームランのことだって、1塁、2塁、3塁って考えてくとホームベースは4塁だとも言えるわけで、これも「4」に縁がある。

「なあ、これっておまえなりの恩返しなの？」

聞いてみても、肝心の「4」は粋《いき》のつもりか、知らぬ存ぜぬって感じでぴょんぴょん跳ねて文字をつついてるだけなんだけど。


「だから、こうやって4番に抜擢されたのも、やっぱり『4』のおかげだと思ってる。まあ、もしかするとそれだけじゃないのかもしれないけどさ。でもおれは『4』がチャンスを与えてくれたと思ってて、その気持ちに報いなきゃって身が引き締まる思いでやってるよ」

祐介は清々《すがすが》しい笑顔でそう言った。

おれは狐につままれたようで、しばらく口を開くことができなかった。どこまで本当の話なのか……疑うわけではなかったけれど、にわかには信じがたいのも事実だった。

「じゃあ、そろそろ行くわ」

祐介は道具を担いで口にした。

「まだまだ先は長いし、これからが勝負だからな。お互いがんばろうぜっ！」

「おう……」

なんとかそう返すのが精一杯で、おれは遠ざかる祐介のユニフォームに光る背番号「4」をただただ眺めるばかりだった。

おれは家に帰って改めて祐介の話を反芻《はんすう》した。考えれば考えるほど、嫉妬心は膨《ふく》れ上がる一方だった。

自分だって、人に負けないくらい練習をしているつもりだ。なのに祐介だけが妙な幸運にありつけるだなんて、そんな不公平なことはない。おれも野球がうまくなりたい。4番の座を手に入れたい……。

と、おれはハッと気がついた。どうしてこんな簡単なことに気づかなかったのか。

——自分も祐介の真似をすればいいだけじゃないか！

チャンスはすぐに巡《めぐ》ってきた。

次の数学の試験のとき、おれはこぼれる笑みを懸命に抑えた。問題文に、待ち望んでいた「小数第1位まで求めよ」という文言を見つけたからだ。

おれは高鳴る胸で計算をはじめた。祐介みたいになるためには、ここで「4」を書かないといけないわけだが、それには答えの小数第2位に「4」が含まれている必要がある。

が、計算して出た答えには残念ながら「4」がなかった。けれど、おれは迷うことなく、そこに「4」と書きこんだ。正解かどうかなんて、どうでもよかった。要は「4」と書いておきさえすればいいのだから。

と、そこでおれは不意に思った。せっかく書くなら、「4」は多ければ多いほどいいんじゃないか？　祐介は「4」をひとつしか書いてなかったと言ってたはずだ。そして自分は詰めが甘い性格だとも。

ははは、だったらおれはたくさん「4」を書いてやろう。そうすれば、祐介よりもいっそう幸運が訪れるに違いない。

おれは解答欄いっぱいに「4」をどんどん書きこんだ。端のほうまで小さな文字でいっぱいに。

これで念願の4番になれる。

もはや緩む頬《ほお》を止めることはできなかった。

しかし、テストが返却され、目論見《もくろみ》通りにバツの入った答案を手に入れてから初めての試合——甲子園に向けた練習試合で、おれはスタメンながらも相変わらずの下位打線を告げられた。

まあ、まだテストが返ってきただけで、あのとき書いた「4」がやってきてないからな。

たくさん「4」を書いたから、恩返しにも時間が掛かるということだろう。

そう解釈して試合に臨もうかというときだった。試合前の練習でエースがケガをし、控えのおれの緊急登板が告げられた。

が、気をみなぎらせて上がったマウンドでの結果は散々だった。

いきなり先頭打者に四球を与えてしまうと、2番、3番とつづけて四球。あっという間に満塁となり、4番打者にあっさり満塁ホームランを打たれてしまったのだ。

監督がすぐに立ち上がり、ワンアウトも取れずにおれは降板させられた。ベンチに下がって、うなだれる。せっかく与えられたチャンスに何やってんだと、どうしようもなく情けなかった。

後続打者は次のピッチャーが抑えてくれたが、スコアボードの「4」の数字がチームに重くのしかかった。

と、そのとき、おれは妙なことに気がついた。スコアボードの「4」という字を眺めるうちに、どこかで見たことがあるような気がしてきたのだ。

まさかと否定しようとしたものの、心の奥ではすでに確信が芽生えていた。間違いない、それは自分の筆跡だった。

あのときの「4」だ。テストで書いた「4」がやってきたのだ。

しかし、それは恩返しのためでないことは明白だった。たくさん書きたいがあまり書き殴《なぐ》ったのがいけなかったか、そのいびつに歪《ゆが》んだ「4」は禍々《まがまが》しい雰囲気を放っていた。

そして嫌な予感は現実となる。次の回にチームはまたもや4失点。その次の回でも同じようにちょうど4点を失って、コールド負けしてしまったのだった。球場には、いつしかチュンチュンとやかましい音が響いている。

スコアボードに並ぶ「4」を呆然と眺めながら、おれはぼんやり、この先の試合のことに思いを馳《は》せる。

あのとき自分は解答欄に、いったいいくつ「4」を書き連ねただろうか。

Episode 3

ロゴから生まれた
（桃太郎）

桃子《もも こ》は天才児だった。

一歳になる頃には大人と普通に会話ができるようになっていて、文字の読み書きをも習得してしまっていた。

一緒に暮らすおじいさんとおばあさんは、彼女が興味を示すままにあらゆる書物を買い与えた。桃子は驚異的な速度でどんどん知識を吸収していき、五歳になる頃には最先端の科学論文をたやすく理解するまでになっていた。

とりわけ興味を持ったのが、情報工学の分野だった。

桃子はおじいさんとおばあさんに買ってもらったパソコンにのめりこみ、独学で数多《あまた》のプログラミング言語を習得した。同時に機械をいじるようにもなり、幼稚園を卒業する頃には様々な機器をひとりで自作するようになっていた。

しかし、そんな天才児の桃子にも、どうにも分からないことがひとつだけあった。

それは、自らの出自に関することだ。

「ねぇ、おじいさん、おばあさん、私のお父さんとお母さんはどうしていないの？　私はどうやって生まれたの？」

桃子がそう尋ねると、二人はいつも同じことを桃子に言った。

「桃子はね、桃のロゴから生まれたんだよ」

彼らは語る。

あるとき、おばあさんが川辺を散歩していると、上流から何かがどんぶらこと流れてきた。

それはノートパソコンで、川から拾い上げると桃のロゴが刻印されていることに気がついた。

「リンゴじゃなくて？」

「そう、どういうわけか桃だったんだ」

おばあさんはそのパソコンを持ち帰り、おじいさんと二人でこのロゴは何だろうと不思議がった。

その翌日だ。

朝起きて、二人は驚くことになる。パソコンのそばで、赤ちゃんが泣いているではないか。

そして、パソコンのほうに目をやると、桃のロゴがすっぱり半分に割れていた。

二人はこう悟ったという。

この赤子は、桃のロゴから生まれたに違いない、と。

「それが桃子だ。桃のロゴから生まれたから、桃子と名付けることにしてね」

桃子が電子機器に強いのも、出自がパソコンにかかわっているからだろう。

おじいさんとおばあさんは、そう言った。

「ウソはやめてよ。そんな非科学的なことが起こるわけないじゃない」

同じ話を聞くたびに、桃子は何度も問い詰《つ》めた。

「本当のことを教えてよ」

「ぜんぶ本当だとも」

「じゃあ、その桃のロゴのノートパソコンはどこにあるの？」

「気づくとなくなっててなぁ」

二人は申し訳なさそうに口にする。

いくら追及してみても、それ以上のことが明らかになることはない。

きっと、自分には言えない事情があるんだ——。

桃子は、初めて出自について尋ねた日のことを思いだす。二人は明らかに動揺し、しばらくのあいだ妙な沈黙が漂《ただよ》った。やがておじいさんがちらりと目をやったのがそばにあったリンゴのロゴのパソコンで、しどろもどろになりながら、おじいさんは桃子の誕生秘話をしゃべりはじめた。以来、二人は同じ話を繰り返し、その話し方も次第に流暢《りゅうちょう》になっていった。

あれは絶対、とっさのウソだ――。

桃子はそう分かっていても、折に触れては何度も尋ねてみずにはいられないのだった。

小学生になると、桃子は様々な研究施設の扉をたたき、積極的に出入りをするようになった。おじいさんとおばあさんからは、なぜだかあまり目立たないようにと言われていた。が、そんな注意に耳を傾けようはずもない。

彼女はどんどん交流の輪を広げていき、たくさんの大人の友人を得ていった。

特に仲良くなったのが、若手技術者たちが率いる、ある会社の三人だった。

その日も桃子は、その会社を訪れていた。

「こんにちは」

扉を開けると、いつものメンツが迎えてくれる。

犬神《いぬがみ》、猿島《さるしま》、雉田《きじた》の三人だ。

「おっ、桃子ちゃんか。いらっしゃい」

「今日は制服じゃないんだね」

「家に帰ってから来たのかな？」

桃子は頷き、手土産《みやげ》を彼らに渡した。

「うちのおばあちゃんが作ったやつです。みんなで食べてくださいって」

犬神と猿島と雉田は、一斉にうれしそうな声を上げた。

「わっ、いつものお団子」

「これ、好きなんだよね」

「おばあさんにお礼を伝えておいてね」

三人はさっそく頬張《ほおば》りはじめる。

彼らは桃子の才能に心底惚《ほ》れこんでいた。いつも彼女の望むままに自由に現場を見せていて、ときには開発メンバーに加わってもらうことさえあった。桃子にとってはすべてが刺激的であり、優しい三人のことも実の兄のように慕っていた。

しかし、この日、桃子はいつもと様子が違った。

三人が団子を食べる中、桃子は言った。

「あの、今日はちょっと、みなさんに見てもらいたいものがあるんですが……」

「なんだい？」

「どうしたの」

「また何か自分で作ってきたのかな？」

「いえ、これなんですが……」

桃子はリュックを床に下ろすと、中から何かを取りだした。それはコードや回路が剝《む》き出しになった機器だった。

「何かの一部みたいなんですけど、ちょっと見ただけだと分からなくって」

桃子は三人に話しはじめた。

昨夜、彼女は探し物をしていて、普段は入らない家の物置に足を踏み入れた。そのとき、隅っこで埃《ほこり》をかぶっているこの機器を偶然見つけた。

隠すように置かれていたそれを見て、桃子はなんだろうと不思議に思った。日頃、おじいさんとおばあさんは機械をいじったりはしない。しかし、その機器はどう見てもガラクタのたぐいではなく、何らかの意図が秘められていそうな佇《たたず》まいをしていた。

「それで二人には内緒で、こっそり持ちだしてきたんです」

「こんな重そうなものを大変だったね。でも、なんだろう」

犬神が言うと、猿島と雉田がそれにつづいた。

「見てみようか」

「ちょっといいかな？」

三人は機器を覗《のぞ》きこんだ。

と、桃子が再び口を開いた。

「そうだ、こんなものも近くに置いてありました」

彼女はリュックから別のものを取りだした。それは頭にかぶれるような、ネット状のデバイスだった。

「脳波測定器でしょうか？」

三人は頭を悩ませた。

やがて、犬神が口にした。

「桃子ちゃん、ちょっとこれ、しばらく預かってもいいかな？　暇なときに調べてみるよ」

はい、と桃子は頷《うなず》いた。

「何か分かったら教えてください」

「約束するよ」

猿島が言い、雉田も任せてくれと微笑《ほほえ》んだ。


桃子のもとに犬神から連絡が入ったのは、少し経《た》ってからのことだった。

会社まで来てほしい。

そう言われ、ある日の放課後、桃子は彼らの会社を訪れた。

「それで、あれは何だったんですか？」

開口一番に尋ねた桃子に、犬神たちは口にした。

「いやあ、なかなかおもしろい代物《しろもの》だったよ」

「ちょっと信じられないね」

「とりあえず、こっちに来てみて」

彼らのあとについていくと、部屋のひとつに通された。

そこには、人の背丈ほどの装置が置かれていた。

「調べてくうちに、すごい技術が詰めこまれてることが分かってね」

犬神が言い、猿島がつづけた。

「あの機器を心臓部にして組み上げたのが、この装置というわけなんだ」

雉田が重ねる。

「とにかく、見てもらったほうが早いだろうね。おれが被験者になるよ」

そう言うと、雉田は装置のほうへと歩み寄った。

手に取ったのは、桃子の持ってきたもうひとつのもの——ネット状のデバイスで、雉田はそれを頭にかぶって椅子《いす》に座った。

「じゃあ、行くよ」

犬神が装置のボタンを押した直後だった。

設置されていたモニターに、あるものがパッと浮かび上がった。脳の３Ｄ映像だった。

桃子は言った。

「やっぱり脳に関するものだったんですね」

「うん、でも、脳波を読むなんてレベルのものじゃない。ちょっと見ててね」

犬神がそれを操作する。と、モニターに検索バーが現れた。

彼はつないだキーボードで、そこに「ラーメン」という文字を入力した。

次にエンターキーを押すと、3Dの脳の一部が点滅した。やがて画面が切り替わると、膨《ぼう》大《だい》な文字列が表示される。犬神がそのうちのひとつを選択し、モニターに画像が現れる。カウンターに置かれたラーメンの静止画だった。

「これは雉田の脳内にあるラーメンの記憶のひとつだよ」

「えっ？」

戸惑う桃子に、犬神は説明しはじめる。

「ネット状のデバイスのほうは、脳に蓄積されてるその人の記憶を読み取れるものらしいんだ。本人が覚えてるかどうかにかかわらずね。で、読み取ったデータの主な処理を担ってるのが、心臓部に組みこんだあの機器のほうっていうわけで」

犬神の言葉に、桃子は沈黙してしまう。

人の記憶を読み取れる——。

そんな技術があるなんて、これまで聞いたことがなかった。

犬神はつづけた。

「記憶を読み取るだけじゃないんだよ。しかるべき指示を出せば記憶を自由に消去したり、書き換えることだってできるらしい」

その直後、犬神はいくつかの操作を行って、ラーメンの画像を消去した。

桃子は慌てた。

「消しちゃったりして大丈夫なんですか⁉」

「もちろん無闇《むやみ》にやるのは厳禁だけど、いまの場合は大丈夫。脳内の記憶はコピーして、外部に保存しておくこともできたりしてね。それをまた本人に戻すことも、他の人に移植することもできるんだ。雉田のこのラーメンの記憶も、あらかじめコピーしておいて」

犬神の操作で、つながれたコンピューターのフォルダから当該《とうがい》情報が雉田の脳へと戻された。

「はい、これで元通り」

「信じられない……でも、どうやって」

猿島が横から口にした。

「まだ仕組みは分かってないけど、心臓部の機器が担当してる処理が鍵《かぎ》のひとつだ。もうひとつは、頭にかぶせるあのデバイスだね。あっちもかなり特殊なもので、脳を走査できるだけじゃなくて、電気刺激を出力して、さっき言ったみたいないろんな影響を外部から脳に直接与えることができるんだ。脳へのダメージも、調べた限りはおそらくない。まあ、そのことよりも、危険性うんぬんの話はこの装置を使って何をするかのほうにありそうだけど」

それは桃子もすでに理解していることだった。

装置は人の記憶を自在に操ることができるのだ。いくらでも悪用の方法は考えられる。しかし、それを危ぶむ気持ちよりも、桃子の中では好奇心が抑えられないほどに膨《ふく》らんでいた。

「みなさん、この装置、私にも使わせてもらえませんか？」

気がつくと、桃子はそう切り出していた。

「もっと知りたいんです。仕組みも、どんなことができるかも」

犬神は笑った。

「桃子ちゃんなら、そう言うと思ってたよ」

猿島と雉田も同じく笑った。

「ぼくらも話し合ってたんだ。悪用もできるだろうけど、役立つことも、きっと多い」

「少なくとも、もうちょっと研究してみる余地は十分にあるだろうね」

桃子はパッと笑顔を咲かせた。

と、犬神がふと口にした。

「でも、こんなものが、どうして桃子ちゃんの家にあったんだろうね」

桃子も、その点だけが解《げ》せなかった。

「私も考えてたんですが、思い当たることがなくて……二人に聞くのは、もう少し様子を見てからにしてみます」

そう言いながら、桃子の関心はすでに装置を試すことのほうへと移っていた。


その日から、桃子は組み上がった装置の全容を把握すべく、実際に自分も被験者になったりしながらいじりはじめた。

脳内を検索するに当たっては、期間などの条件を指定することも可能だった。たとえば、目的とする記憶がある場合、いつからいつまでの記憶を、というふうに検索することで、効率よくその記憶へとたどりつけた。言語的な検索以外にも、画像や動画、音声をもとにした検索も可能であることも判明した。

取りだせる記憶は、視覚と聴覚に関するものが主だった。嗅覚《きゅうかく》や味覚、触覚に関する記憶もデータとしては得られるのだが、分かりやすい形式で出力するにはまた別の技術が必要で、それは後々《のちのち》やっていこうということになった。

そのうち、桃子たちは装置を役に立てるべく、被験者を募集してある試みをしはじめた。

ひとつが、記憶の引き上げ——サルベージだ。

思いだしたいことがあるが、思いだせない。

桃子たちはそんな人をＷＥＢで募り、装置を使った。

——書類をしまった場所が分からなくなって。

——パスワードを忘れてしまって。

——誰の発言だったかをハッキリと思いだしたくて。

記憶が無事に見つかると、被験者の脳内における上位階層へと移動させる。すると本人たちはそれを鮮明に思いだせるようになるという具合だった。

被験者の中には、ものを忘れる重い病にかかったような人もいた。そんな場合も記憶は脳の奥底に眠っていることが多く、桃子たちはサルベージして元に戻してあげたりした。

もうひとつ、桃子たちは思い切って記憶を消すことにも手を出した。

——嫌な思い出を忘れたくて。

——トラウマになっている出来事があって。

——好きな本の内容を全部忘れて、新たな気持ちで読み直したくて。

記憶を消した場合でも、後でそれを取り戻したくなるかもしれない。あるいは万一、誤って別の記憶を消してしまうという可能性もある。それに備え、桃子たちは記憶のバックアップを取っておくことも忘れなかった。

——過去の記憶をこんなふうに変えてほしい。

そんな願いも時折あったが、記憶の書き換えは危険性も高まるため、桃子たちはいつでも行えるようにしておきつつも、実行に移すことは控えておいた。

並行して、桃子たちは装置の心臓部の仕組みの解明にも乗りだした。

桃子はここで、その才能を遺憾《いかん》なく発揮する。

ソフトとハードの両面から装置を分析して構造を特定していく、リバースエンジニアリングだ。

デバイスが脳から読み取った記憶のデータは、膨大な数値として心臓部に渡される。そしてそこで何らかの処理が施されることにより、モニターとつなぐだけで検索結果を容易に閲《えっ》覧《らん》できるようになる。一方で、心臓部はこちらの命令に対しても処理を行い、デバイスが適切に動作するよう指示を送りだしてもいる。

どんな構造が、それらを可能にしているのか——。

桃子は装置に夢中になった。

記憶を操る彼女たちの評判も、少しずつ口コミで知られるようになっていった。

ある日、学校からの帰り道、桃子は知らない男にとつぜん話しかけられた。

「あなたが桃子さんですね?」

知らない人間についていってはいけないと、日頃からおじいさんとおばあさんからは強く言われていた。が、男はなんだか意味ありげで、桃子は思わず足を止めた。

「そうですが……」

「いやあ、長い間、ずいぶん探しましたよ。突然すみませんね。私、こういう者です」

男は名刺を差しだした。そこには「鬼塚《おにづか》」という名前と、脳、研究所という言葉などが散らばっていた。

鬼塚という男は言った。

「桃子さん、単刀直入に言いましょう。うちの研究所に来ませんか?」

「……どうしてですか?」

「力を貸してほしいんですよ。一緒に世界を変えていこうではありませんか」

「世界? 何のことだか分かりません」

「あなたはもう、お気づきのはずです」

桃子はしばらく口を閉ざした。

やがて言った。

「……あの装置のことですか？」

「ええ、正確には、あなたのところにあるものは、全体のごく一部の機能を持っているに過ぎませんがね。我々はさらに進んだもので、様々なことをしていまして」

たとえば、と鬼塚は言う。

「記憶の改竄《かいざん》。ある会社の人間が不正を行っていたとします。それが明るみになる前に、部下のひとりの記憶を書き換えて、自分がやったと思わせる。そうしてまんまと逃げおおせた人間は、我々に多額の報酬を支払ってくれるというわけです。操れるのは記憶だけではありません」

鬼塚はつづける。

「脳に干渉することで、人格に影響を及ぼしたり、能力を変動させたりすることも可能です。あなたなら、この技術をもっともっと発展させて、うまく使いこなすことができるでしょう。どうですか？　興味を持っていただけるのではと思うのですが」

桃子は言った。

「お断りします」

「おや、それまたどうして」

「おっしゃったことは技術の悪用じゃないですか」

「明るい未来のためには必要なことです」

「帰ってください」

「そうですか、それはとても残念です」

鬼塚は、桃子が持つ名刺を指差した。

「気が向いたら、いつでもそこの住所にお越しください。ああ、そうそう、最後にひとつ」

そう言って、鬼塚はカバンの中から小さな筐体《きょうたい》を取りだした。それには、見慣れたあのネット状のデバイスもつながっていた。

「これは、あなたたちのところにあるのと同じものを小型化した装置でしてね。あまり複雑なことはできませんが、簡単なことならできるんですよ。人の記憶をコピーしたり、オリジナルのほうを消したりね。では、よいお返事をいただけることを期待しています。おじいさんとおばあさんに、よろしくお伝えください」

不気味に笑い、鬼塚は去っていった。

桃子は嫌な予感に襲われた。

鬼塚はいったい、誰の記憶をいじったというのか——。

桃子は家に向かって駆《か》けだした。

玄関の鍵は開いていた。

靴を脱ぎっぱなしにして居間に入ると、二人の姿が飛びこんできた。

「おじいさん！　おばあさん！」

桃子は二人に駆け寄った。

「大丈夫⁉」

しかし、その次の瞬間だった。

おじいさんの発した言葉に、桃子は呆然《ぼうぜん》となってしまった。

「おや、あんたは誰だい？」

おばあさんも、その隣で首を傾《かし》げた。

「きっと間違えて、別の家に迷いこんできたんだねぇ」

「おじいさん！　おばあさん！」

二人は笑った。

「はは、私らには子供も孫もおらんからね。そう呼ばれると、なんだか不思議な感じがするなぁ」

桃子は悟った。

二人の中から、自分に関する一切の記憶が消えている――。

怒りがふつふつと湧《わ》いてきた。

鬼塚だ。あいつの仕業《しわざ》に違いない！

二人の記憶は、いわば人質ということだろう。記憶はコピーして預かっていると。

返してほしくば、協力しろ。

それが鬼塚からのメッセージだ。

「許さない……」

桃子は呟《つぶや》き、立ち上がった。

「絶対に退治してやる！」

怪訝《けげん》な顔のおじいさんとおばあさんを残し、桃子は仲間のもとへと走っていった。


桃子から話を聞いた犬神、猿島、雉田の意見は一致した。

「一緒にやろう。力を貸すよ」

「もしかすると、これまでの悪事の証拠もどこかに残ってるかもしれないね」

「それを見つけて告発する。同時に、おじいさんとおばあさんの記憶も奪い返す。これで決まりだ」

「本当にありがとうございます……」

桃子は深く頭を下げた。

犬神が高らかに宣言した。

「よし、準備ができ次第、出発しよう！」

桃子たちが行動に移したのは、数日後の夜のことだった。

真正面から訪ねる気など、さらさらなかった。

深夜、桃子たちは仲間たちと敷地内へと侵入した。

警報装置を動かなくしたのは、犬神だった。

監視カメラを止めたのは猿島だった。

電子錠を開錠したのは、雉田だった。

「本当に手際がいいんですね」

呆《あき》れる桃子に、三人は笑う。

「昔ヤンチャした経験が、こんなところで役立つとはね」

四人は懐中電灯を片手に建物の中へと侵入し、目的のものを探しはじめた。

それらしき機械が見つかったのは、地下の一室でのことだった。

「私たちの装置と似てますね……この中に二人の記憶もあるかもしれません」

しかし、桃子たちが調べはじめたときだった。

突然、部屋の電気がパッと灯《とも》った。

四人がぎょっとして振り返ると、鬼塚が涼しげな顔をして立っていた。

「ようこそお越しくださいました。もっとも、こんな夜中に来てくださるとは思ってもいませんでしたが」

「どうして……」

「この子たちが異常を検知してくれましてね。侵入者を別の経路で発見したというわけです」

鬼塚は自分の後ろを顎《あご》で示した。

そこには、桃子よりもさらに小さな子供たちが数人いた。

「彼らはとても優秀でして。なにせ、きみと同じバックグラウンドを持っていますからねえ」

「どういうことですか？」

桃子は思わず尋ねるも、鬼塚はとぼけるだけだった。

「さあ」

そのときだった。

鬼塚が、おっと、と口にした。

「動かないでいただきましょうか……犬神くん、猿島くん、雉田くん」

その声で、じりじりと鬼塚に近づいていた三人は動きを止めた。

「状況が分かっていないようですね。私の指示ひとつで、あの二人の記憶のコピーは簡単に消し去ることができるんですよ？　おとなしくしておいたほうが身のためだと思いますがね。それに、きみたちは思っていたよりも優秀なようだ。投降すればうちで雇ってあげますが、いかがです？」

ただし、と、鬼塚は子供のひとりから小型の装置を受け取ってつづけた。

「その前に、この装置で余計なことはぜんぶ忘れていただきますが」

犬神が、猿島が、雉田が言った。

「ふざけるな！」

「おれたちは悪事に加担するつもりはない！」

「雇われるなんてまっぴらだね！」

呆れたように、鬼塚が肩をすぼめる。

桃子が背負ったリュックを床に下ろしたのは、そのときだった。

鬼塚はすかさず口にした。

「おっとおっと、桃子さん、きみも例外ではありませんよ。妙な真似《まね》はしないように」

それには構わず、桃子はリュックから何かを取りだした。手に握られていたのは、先端にアンテナらしきものがついている銃のようなものだった。

その銃口を桃子が向けても、鬼塚はまだ余裕がありそうに笑っていた。

「穏やかではありませんねぇ。何です、それは。いったい何のおつもりですか?」

「これは周囲に場を展開して、遠隔で脳を捕捉できる装置です」

桃子は銃についた小型のモニターに目をやった。そこには鬼塚の脳らしきものが映っていた。

「捕捉するだけではありません」

彼女はつづける。

「引き金を引けば、電磁波が出て脳に影響を及ぼすこともできるんです。あなたは持ち運べる装置を作っていたようですが、私のほうが先をいっていたようですね」

「そんなことが可能なはずがないでしょう。ハッタリはやめなさい」

「本当ですよ」

そう言って、桃子はためらうことなく引き金を引いた。

その瞬間だった。

鬼塚が急に顔を歪《ゆが》めた。

気がつくと、その目からは一筋の涙が流れていた。

「あなたの脳を走査して、つらい記憶をサルベージしました」

「そんな……」

「次は、あなたの悪事に関する記憶を洗いざらいコピーさせてもらいます。それとも、自分で警察に足を運んでくれますか？」

鬼塚の顔面は蒼白《そうはく》になっていた。

誰も動かず、時間だけが流れていく。

と、その次の瞬間だった。

鬼塚が、手にしていたネット状のデバイスを素早い動作で頭にかぶった。

嫌な予感を覚えた犬神と猿島が、鬼塚へと飛びかかる。

鬼塚は床に倒れ、二人がそのまま取り押さえる。

その横で、雉田が後ろの子供たちを急いで見やる。

彼らも取り押さえるか――。

しかし、司令塔を失った子供たちは単にうろたえているばかりで、何かをするそぶりは見せなかった。

犬神は、すぐに警察に電話をした。猿島はそばにあったケーブルで、呆《ほう》けたような表情で何も言葉を発しない鬼塚を縛りはじめた。雉田は子供たちが逃げないように見張っていた。

桃子は装置を操作して、おじいさんとおばあさんの記憶を必死で探った。

「あった、これだ……」

二人の記憶を見つけると、安堵《あんど》で力が抜けていった。

と、桃子の頭にあることがよぎったのは、次の瞬間のことだった。

目の前にあるのは、自分に関する二人の記憶だ。

ということは、これをさかのぼっていけば、自分の出生の秘密を知れるのでは……？

心臓が早鐘《はやがね》を打ちはじめる。

桃子は、犬神たちが鬼塚と子供たちに気を取られていることを確認した。そして二人の記憶をこっそりモニターに映しだすと、流れる映像を食い入るように見はじめた。

二人の記憶を照らし合わせていくうちに、やがて桃子は真実を知る。

愕然《がくぜん》としつつ、彼女はいま見聞きしたものをつなぎ合わせる——。

おじいさんとおばあさんは、かつて鬼塚のもとで働く研究員のメンバーだった。

彼らの最終目的は、世界を掌握《しょうあく》することだ。

そのために力を入れたプロジェクト。それが、引き取ってきた孤児――まだ変容しやすい赤子の脳を根本から書き換えて、天才児を生みだすというものだった。

だが、プロジェクトが進むにつれて、おじいさんとおばあさんは空恐ろしくなってきた。

そして二人は苦し紛れに装置の一部を盗みだし、赤子を連れて逃げだした。

それからの日々は、罪悪感に満ちあふれたものだった。

自分たちは、なんということに加担してしまったのだ。

いくら悔いても、悔やみきれはしなかった。

しかし、そんな中でも目をそらしてはならないものがあった。

幼い桃子の存在だ。

やがて二人は決意する。

罪を償《つぐな》うことなどできやしない。が、桃子をしっかり育てることで、少しでもそれを償うことができたなら。

以来、二人は真心をこめて桃子を育てた。そんな中でも出自だけは明かすことなく、作り話でごまかした。

そのたびに感じる胸の痛みは、楔《くさび》のようなものだった。過去の過《あやま》ちを決して忘れぬための――。

すべてを知って、桃子は頭が真っ白になった。

力が抜けて、くずれるように座りこんだ。

パトカーのサイレンが遠くから聞こえはじめていた。


風の噂《うわさ》によると、その後、警察に拘束された鬼塚は何も語ってはいないらしい。

いや、厳密には記憶が消されて一切のことを覚えておらず、生まれたての赤子同然の状態だという。今後は、残された装置の調査が進められることになっている。

桃子は犬神たちと相談し、自分たちの装置は秘密裏に壊してしまうことにした。

「いつか誰かが、また同じようなものを開発する日が来るとは思います」

ですが、と桃子は言った。

「少なくとも今の私たちは、こうするべきだと思うんです」

その決断に、犬神も、猿島も、雉田も、異を唱えることなく同意した。

「桃子ちゃんに言わせてしまって申し訳ない」

「本当は、最初からおれたち大人が止めるべきだったんだ」

「桃子ちゃん、装置がなくなっても、またここに遊びに来てくれるかな……？」

桃子が大きく頷くと、三人はほっとしたように笑顔を見せた。

装置の最後の役割は、おじいさんとおばあさんの記憶を元の通りに戻すということに決まった。

しかし、その前に、三人には内緒で桃子はあることをすべく装置を使った。

二人の記憶の改竄だ。

正しいことをしているなどとは思わなかった。だが、桃子は強く願っていた。

二人を過去の呪縛《じゅばく》から解き放ってあげたい、と。

自分たちは幸せだ。それを邪魔する記憶など、私たちには必要ない。

桃子は装置を操作して、記憶の中の〝作り話〟を現実に起こった〝真実〟として書き換えた。


いまでも桃子は、時折、おじいさんとおばあさんにこう尋ねることがある。

「ねぇ、私はどうやって生まれたの？」

すると二人は、穏やかな笑みを浮かべながら、迷うことなく明るい口調で語りはじめる。

「桃子はね、桃のロゴから生まれたんだよ」

Episode 4

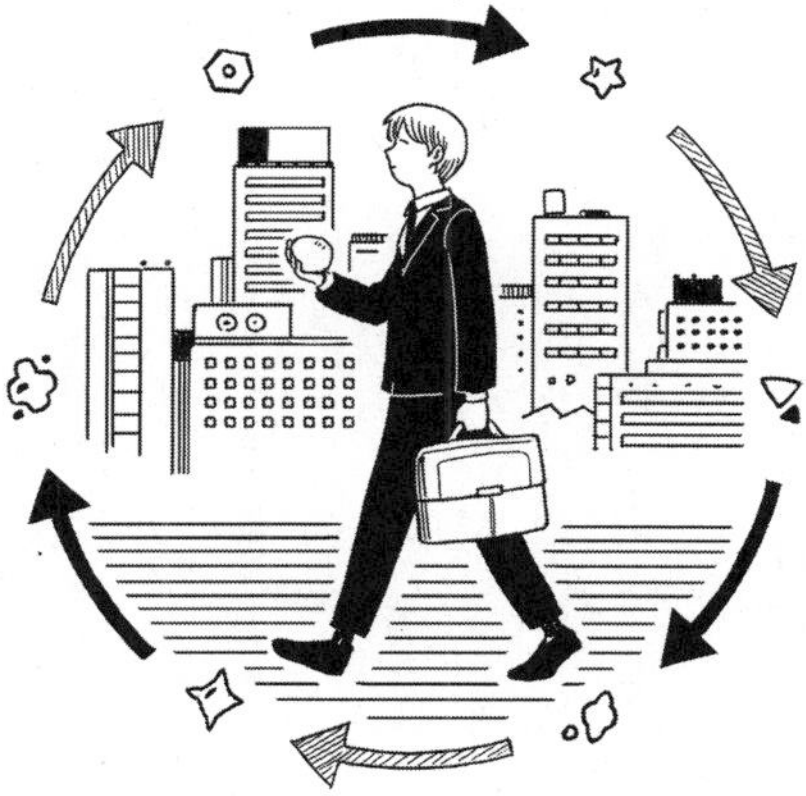

わらしべエージェンシー

（わらしべ長者）

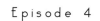

わらしべエージェンシーは、物々交換のプロ集団だ。

その社に属するエージェントはクライアントから物を預かり、様々な人に掛け合いながらどんどんそれを別の物へと交換していく。そして最終的に目的の物への交換を果たすとクライアントに手渡して、見返りとして報酬をもらうのだ。

「この時計と引き換えに、新しいパソコンが欲しいんです」

そんな依頼があったとき、最初にエージェントが行うことは時計の価値の見極めだ。それが終わると、今度は時計をパソコンに換えるまでのプロセスをリアルに思い描いていく。

この時計なら、どこの誰が持つ、どんな物と交換できる可能性が高そうか。さらにそれを何と交換していくと、最終ゴールのパソコンへとたどりつけるか——。

誰かにとっては無価値な物が、別の誰かにとっては価値ある物だというのはざらにある。エージェントはそのあたりをうまく勘案《かんあん》しながら、プランを頭でイメージしていく。

一見すると不確定要素が極めて多く、事前の予測など不可能なように感じられる。実際、想定通りに事が運ぶことはめったにないが、優秀なエージェントほど予測の精度が高いと言われ、中には物を預かった瞬間にゴールまでの道筋が見え、実際にその通りになってしまう者もいるという。

　ともあれ、そうしたイメージを踏まえつつ、エージェントは一連の物々交換に掛かる時間を試算する。あまりに長くなりそうならば、この段階で希望の物を変更することを提案するか、取引自体を中止する。そのあたりの判断も、エージェントの手腕が問われるところだ。

　そして最後に、報酬額を見定める。額が大きすぎるとクライアントは新しいパソコンを買ったほうが早いとなり、それだと本末転倒だ。逆に、あまりに低いと自身の労働時間に見合わない。そのギリギリのところをいかに算出できるかがキモとなる。

　これらの提案が承諾されると、あとはどんどん物々交換をしていくだけだ。

　交換にはプレゼン力も求められるが、虚偽や誇張はご法度《はっと》である。

「これは徳川《とくがわ》家に伝わる物で……」

　預かった物の価値を高めるために、かつてそんなウソをついて交換に臨んだ者がいた。のちにその鑑定書が偽造であることが発覚して事態は明るみに出たのだが、以来、コンプライアンスの遵守《じゅんしゅ》は社で徹底されている。

　ときに、あえて価値を下げる交換を間に挟むというテクニックを駆使したり。ときに、自分の私物と交換するという技を使ったり。

エージェントは、様々な方法で目的の物を目指していくというわけだ。

そうして最終的に交換されてきた物を見て、クライアントはみな一様に口にする。

まるで魔法のようだ、と。

いろいろな人から感謝されつつ、エージェントは日々、物々交換に精をだす——。

長嶋《ながしま》も、そんなわらしベエージェンシーに勤める若手エージェントのひとりだった。

しかし、やり手の同僚たちの中にあって、彼は異色の存在だった。

仕事が著しくできないのである。

依頼とは違う変な物と交換してきてクライアントを怒らせたり、目算を誤って交換が途中で頓挫《とんざ》したり、そもそも交換自体が一度も成立しなかったり。

いわゆるダメ社員の長嶋だったが、困ったことに、本人はそんな中でもどこ吹く風だった。

というのが、彼は生来ののんびり屋であったからだ。

競争心もなければ出世欲もなく、のほほんと過ごすその姿は、日々クライアントの要望に応《こた》えるためにシャカリキになって働いている同僚の中で目立っていた。

同僚たちは折に触れて不思議がった。

なぜあんなやつがうちの会社に入れたのだろう、と。

——人事の手違いに違いない。

——コネなのでは？

——じつは太い客を抱えているんじゃ。

様々な噂《うわさ》が飛び交ったが、その真相は闇の中。

——どうも上の考えることはよく分からない。

結局いつも、そういう結論に落ち着くより他ないのだった。

しかし、いくら会社のお荷物といえども、何もさせずに放ってはおけない。

そんなわけで、あるとき先輩社員が長嶋に言った。

「おい、長嶋、これをやっておいてくれ」

「なんですか？」

ぽけっと返事をした長嶋が手渡されたのは、鉛筆だった。

「今日中に、それをイチゴの形の消しゴムに換えておいてほしいんだ」

それは、わらしべエージェンシーの仕事の中で最も難易度の低いEランクに属する案件だった。このランクのクライアントは子供が多く、社が未来のお客様育成のためにほとんど無償で行っている、投資に近い取り組みである。

長嶋はのんびりした口調で返事をした。

「はい、分かりました」

ところがだ。

その日の夕方、長嶋が持ってきた物を見て、先輩社員は声を上げた。

「おい！　誰がナスの消しゴムだなんて言った！」

「えっ？　違いましたっけ？」

「イチゴだよ！」

「ははあ、そうでしたかぁ。それでは、やり直してきます」

「もういい、おれがやるっ！」

「すみません」

せかせかと立ち去る先輩社員に、長嶋は申し訳程度に頭を下げる。

万事がそういう具合だった。

その長嶋が上司に呼び出されたのは、ある日のことだ。

ぼんやりしながら上司のところへ歩いていくと、彼はこんなことを告げられた。

「上の指示で、今度キミに新しい案件を担当してもらうことが決まった」

「はあ、なんでしょう」

「詳細はクライアントから直接聞いてみてほしい。いずれにしても、がんばってくれたまえ」

た。

「よく分かりませんが、分かりました」

長嶋はさっそく指示された場所へと足を運んだ。

そこにあったのは豪邸で、チャイムを鳴らして現れたのは、眉間《みけん》にしわを寄せた老女だった。

「遅刻だよ。あたしを待たせるとはいい度胸をしているね」

長嶋は頭をかいた。

「はあ、すみません」

「なんだい、その間の抜けた返事は。とにかくさっさと中に入りなっ」

「失礼します」

通された居間は、見るからに高価な物であふれていた。

ふかふかのソファーに腰を下ろすと、老女は言った。

「あんたに交換してもらいたいのは、これだよ」

老女は小箱を取りだした。

一見すると、宝石でも入っていそうな感じである。

が、開けられた箱の中には意外な物が入っていた。

それは、何の変哲もない石ころだった。

「ひっひっひ、びっくりしたろう？」

老女は意地悪そうな笑みを浮かべた。

「この石ころを別の物へと換えておくれ。期限はない。交換してくる物も何でもいい。ただし、だ。あたしが満足する物であること。それが必須条件だよ」

老女はいわゆる資産家だった。と同時に、わらしべエージェンシーの中ではひねくれ者の厄介婆《やっかい》さんとしても知られている人物だった。

それというのが、無理難題ばかりを言うからである。

あるときは、一枚のティッシュを取りだして、訪れたエージェントにこう言った。

「これをゴッホの絵に換えてきておくれ」

そして、莫大《ばくだい》な報酬額を提示した。それは目的の絵画がすぐにでも買えてしまいそうな金額だったが、老女がそうすることはない。エージェントを困らせて楽しむのが趣味なのだ。

結局その案件は、ひとりのエージェントが長期にわたって死に物狂いで交換しつづけ、なんとか絵画を手に入れた。が、代償は大きく、そのエージェントは心身ともに疲弊《ひへい》して、退社を余儀なくされたのだった。

社としても、老女には困り果てていた。一方で、物々交換のプロセスで、やむなく老女の資産に頼らねばならない場面があるのも事実であった。

ゆえに老女のことを無下《むげ》にもできず、時おり起こるその気まぐれにも、なんとか付き合わざるを得ないのだった。

今回の件も、出ていく長嶋を見送りながら、周囲の者たちは内心で気の毒がった。

老女による案件は、ランクで言うとSである。

その意味するところは、トップクラスのエージェントでなければ達成困難ということだ。

そこに長嶋のような人間が送られたのは、誰もが老女を敬遠したからに他ならない。

そんなこととはつゆ知らず、長嶋は老女と対峙《たいじ》していた。

黙ったままの長嶋に、老女は言った。

「なるほど、できないと思ってビビッてるんだね？　近頃の若者は根性がないねぇ」

長嶋からの反応はなく、老女はつづけた。

「そうか、分かったよ。報酬のことを気にしてるんだね？　いくら欲しいんだい？　正直に言ってみな。あんたもノルマってもんがあるんだろう？」

老女はじつに楽しそうな様子だった。

と、そこでようやく長嶋は口を開いた。

「いえ、そんなことはどうでもいいんです」

「どうでもいい？」

「それよりも、いろいろお聞きしてみたいなぁと思いまして」

肩透かしを食らった老女は、長嶋に尋ねた。

「なんだい、その聞きたいことってのは」

「こんなに高価な物に囲まれるって、どんな感じなのかなぁと。ぼくにはあまり縁がない世界なので」

「そんなことかい」

老女は言った。

「そりゃあ気分はいいさ。高い物には高いなりの理由があるからね。いい物はあたしを高めてくれる」

「物ばかりで、なんだか息苦しくなりそうです」

「息苦しい？　ふんっ」

老女はせせら笑った。

「そんな感覚は皆無だよ」

それに、と老女はつづけた。

「物は裏切ることがないからね。その点、人間ってやつほど当てにならないものはない。あたしにゃ家族がいなくてね。友達なんてのもつくらない」

長嶋は言った。

「でも、誰かと一緒に過ごすというのも、いいものですよ」

「……若造があたしに説教しようっていうのかい？　百年早いよっ！」

この話はもう終わりだ、と老女は言った。

「とにかく、その石ころをあたしの満足する物に換えること。あんたの仕事はそれだけだ。分かったねっ⁉」

老女の圧力にも、長嶋はペースを乱さず口にした。

「分かりました。がんばってみます」


その日から、長嶋は用事がなくても老女のもとをよく訪れるようになった。

「なんだい、またあんたかい。それで、物々交換は進んだろうね？」

「いいえ、まだ石ころのまんまです」

「なんだって？　まだ一度も交換できていないじゃないかい。ずいぶん悠長《ゆうちょう》なことだねぇ。これまでの担当者なら、もう三、四回は物々交換が成立している頃合いだよ。いや、待ちな……なるほど、あんた何かを企んでるね？」

老女の指摘に、長嶋は言う。

「いえ、特には」

「本当かい？」

「ええ」

老女はたまらず声を上げる。

「だったら、どうして交換しようとしないんだい。あんたの仕事は物々交換をすることだろう？」

「そうですよ。ただ、まだピンと来ていないんです。それよりどうですか。これから一緒に映画でも」

「あんた、バカにしてるのかい？　あたしゃそんなに暇じゃないんだよ。帰りなっ！」

長嶋は、しっしっと追い返される。

しかし、彼はまたすぐ老女のところにやってくる。

「どうもどうも、こんにちは」

「物々交換は進んだかい？」

長嶋は首を横に振る。

「まだなのかい！　あんた、本当に大丈夫だろうね⁉」

「どうでしょう、分かりません」

「分からないって、プロだろう？」

溜息をつく老女のことは気にせずに、長嶋は言う。

「ところで、今日は天気がいいので、公園までお散歩にでも行きませんか？」

「散歩？　そんなもの、何の得にもならないじゃないか」

「まあまあ、そうおっしゃらずに。物々交換のいいアイデアが浮かぶかもしれないじゃありませんか」

「人をおちょくってるのかい？　それはあんたの仕事だろう!?」

「あっ、そうでした」

「まったく、あんたみたいなのは初めてだよ……」

「ありがとうございます」

「褒《ほ》めてるんじゃないよ！」

「すみません、すみません」

ペースを崩され、老女は何度も溜息をつく。

「はあ……先行きが思いやられるよ」

それからも、長嶋は老女のところに通いつづけた。

そのたびに老女は進捗《しんちょく》を尋ねてみるも、長嶋はいつも平気な顔で首を横に振るばかりだった。

何もしていないと見せかけて、やはりじつは裏で何かをしているのでは？

一時期は、そう勘繰《かんぐ》ったりもした。が、どこをどう見ても長嶋にそんな器用なことができるとは思えずに、老女はひたすら呆《あき》れるのだった。

あるとき、長嶋は老女に言った。

「今日はもう、お昼はお済ませですか？」

「どうしてそんなことを聞くんだい？」

「いえ、もしまだだったら一緒にどうだろうと思いまして」

「ふんっ、まださ。だけどね、誰かと食事をするだなんて、あたしゃごめんだよ」

「ごはんは誰かと食べたほうがおいしいですよ」

「余計なお世話だね」

「この近くに、いい定食屋さんを見つけたんです」

「そんな庶民が行くところ、あたしが行くわけないだろう。勝手にひとりで行っておくれ」

「そうおっしゃらずに。行きましょうよ」

しつこく誘う長嶋に、老女はとうとう根負けした。

「分かった分かった、行きゃいいんだろう？」

店に入ると、老女は言った。

「なんだいここは。狭いし、ずいぶん汚いねぇ」

「しぃっ、ダメですよ、そんなことをおっしゃっては」

「何を言おうが自由じゃないか。こっちは客だよ？」

「ほら、注文をしてしまいましょう」

やがて食事が出てくると、老女は渋々といった態度で口に運んだ。

「どうですか？」

「まあ……思ったほどマズくはないみたいだね」

そう言いながら、老女はぺろりと完食した。


長嶋がのらりくらりとやっている間にも、彼の同僚たちは難しい仕事をたくさんこなした。

彼らは得意の魔法で古本をヴィンテージワインへと交換したり、生地の端切《はぎ》れをスニーカーの限定モデルへと交換したりしてのけた。

「おい、長嶋。例の件、進捗はどうなんだ？」

先輩社員が探りを入れても、長嶋の返事はいつも同じだ。

「まだ考えてるところなんです」

「いつまでも先方を待たせちゃいかんだろう」

「はあ」

「できないならできないで、ハッキリ断るのも誠意だぞ」

「がんばります」

「がんばりますって、分かってんのかよ……」

老女も老女で、その心境は諦めに近いものになりつつあった。

「また来たのかい。でも、どうせまだ石ころのままなんだろうねぇ」

「そうなんですよ。なかなかいい案が浮かばなくて」

「とりあえず、何でもいいからまずは何かと交換してみるのも手じゃないかい？」

「いやあ」

「のんきなことだね。困ったよ」

老女はさも迷惑そうな顔をするのだが、叱責《しっせき》したり追い返そうという気配はなくなっている。

老女から意外な言葉を掛けられたのは、ある日のことだ。

いつものように長嶋が訪ねていくと、老女はこう言ったのだ。

「あんた、お昼は食べたのかい？」

長嶋は、いえ、と返事をした。

「まだですが」

「それじゃあ、行くよ」

「行くってどこにです？」

困惑する長嶋に、老女は言った。

「そんなの決まってるじゃないか。そこの定食屋にだよ」

「ええっ？」

「なんだい、不満なのかい？」

「だって、あんなのは庶民が行くところだって……」

「つべこべ言ってると置いてくよっ！」

「あっ、待ってくださいっ！」

そうして店に入っていったときだった。

店員のひとりが、老女に気がつき口を開いた。

「あら、今日はお連れさんと一緒なんですね」

「今日は……？」

長嶋は店員に思わず尋ねる。

「ということは、この方はよく来てるんですか……？」

「ええ、最近ご贔屓《ひいき》にしていただいておりまして」

老女が横から口を挟んだ。

「余計なことを言うんじゃないよっ！」

老女と一緒に席について注文すると、やがて食事が運ばれてくる。

長嶋はミックスフライを、老女は生姜《しょうが》焼《や》きを頼んでいた。

アジのフライを食べながら、長嶋は言った。

「そうだ、お預かりしてるあの石ころのことなんですが」

「おや、自分から仕事の話をするなんて珍しいね。いい交換プランを思いつきでもしたのかい？」

「いいえ、ふと思いだしたんですが、そういえば最初に条件みたいなのをお聞きしてたような気がしてきまして」

「はあ、そこからかい……」

老女はがっくり肩を落とす。

と、しばらくして先に食事を終えた老女は、こう呟《つぶや》いた。

「あたしゃ、何かを間違えていたのかねぇ……」

長嶋は食事に夢中で、それをちゃんと聞いてなかった。

「いま何かおっしゃいましたか？」

「なんにも言ってやしないよ！」

首を傾《かし》げながらも、長嶋はひとり食事に戻る。

そのときだった。

長嶋の様子を見ていた老女が、こんなことを口にした。

「……あんたのそのエビフライ、ずいぶんおいしそうだねぇ」

そして、次の瞬間のことだった。

老女が横から箸《はし》を出し、ひょいっと長嶋のエビフライをつまみ上げた。

「あっ！」

止める間もなく、老女はそれを平らげる。

「ああ、こりゃおいしいよ」

「何するんですか！　ひどいじゃないですかっ！」

長嶋は珍しく感情をあらわにした。

「せっかく残しておいたのにっ！」

「ひっひっひ」

老女は意地悪そうな笑みを浮かべる。

「いいじゃないか。エビフライくらいで大げさだよ」

「最後の楽しみにしてたのに……」

そのときだ。ひとり落胆する長嶋に、老女はそっぽを向きながら少し怒ったような口調で言った。

「えっ？」

「いつまでもグズグズ言うんじゃないよ！　それに、いまので取引も成立だよっ！」

長嶋は顔を上げて老女を見つめた。

「何のことです？」

「だから、取引成立だって言ってるだろう？　いまのは物々交換だ。あんたに預けた石ころと、エビフライとの」

「えっ？　交換？　えっ？　えっ？」

「おかしなもんだねっ」

なおも混乱している長嶋に、老女はぶっきら棒に言い放つ。

「ふんっ、初めてだよっ！　こんな程度の交換で、腹も心もすっかり満たされちまったのはっ！」

Episode 5

鬼の救い

（こぶとり爺《じい》さん）

一限の講義に出席すると、珍しく水崎《みずさき》のやつが教室にいた。

同じ学科の水崎をこの講義で見かけることは、ほとんどない。毎回、出席確認の代筆を誰かに頼んで、自分はサークルに行くか家で惰眠《だみん》を貪《むさぼ》っているのが常なのだ。

その水崎を見て、おれは「あれ？」と首を傾《かし》げた。なんだかいつもと様子が違っていたからだ。

ここのところ、学校で水崎を見かけると、どんよりした雰囲気をまとっていて、どこか疲れているようだった。が、いま目の前にいる水崎は、いつになくすっきりと晴れやかな表情をしていたのだった。

何かいいことでもあったのだろうか。

ぼんやりとそんなことを思いながらも、おれはすぐに、はじまった講義を聞くことのほうに集中した。水崎などに気をとられるのはもっての他だ。そういう気持ちも内にあった。

と、一限が終わり、教室を出ようとしたときだった。

水崎と廊下で鉢《はち》合わせ、おれは声を掛けられた。

「おーす」

おれは、おお、と軽く流して去ろうとした。何やら会話をしたそうな雰囲気だったが、おれにはそんな気などなかったからだ。

しかし、水崎は同じ方向についてきて、後ろから話しかけてきた。

「なーなー、ちょっと聞いてくれよー」

それを聞き、またはじまったか、と辟易《へきえき》とした。

おれは水崎のこういうところが嫌いなのだ。

さして親しくもないくせに、馴《な》れ馴れしく話しかけてくる。それもだいたいの場合が一方的にしゃべるだけで、好きなようにガーッと話して去っていくのだ。

女子の中には、そんな水崎を社交的で話し上手だと評価する声も多いという。高身長で見た目だけはいいことも関係しているのだろう。だが、おれからすると、水崎はチャラチャラしている、自分勝手ないけ好かないやつでしかない。できるなら、関わり合いにはなりたくない相手だった。

このときも、こちらが返事をする前に、水崎はおれの横にぴたっとついて勝手にしゃべりはじめていた。

「いやー、どーにもすんげー体験をしちゃってさー」

面倒だなと、おれは思った。が、まるっきり無視もしてしまえず、おれは適当に相槌《あいづち》を打った。

「へぇ、そうなんだ」

「そーなんだよ、実際、けっこうヤバくてさー。おれじゃなかったらどうなってたか分かんねーよ」

そのもったいぶった言い方も、気にさわった。

次の二限はたまたま予定がないものの、水崎の話に付き合うほど暇じゃない。

おれは早々に話を切り上げようとした。

そのときだった。

水崎が、こんな言葉を口にした。

「おれさ、昨日の夜、ってか、さっき？　会っちまったのよー。何にだと思う？」

「さあ」

「鬼だよ、鬼」

「えっ？」

なんの冗談かと、おれは水崎の顔を思わず見つめた。

「いきなり言われても、信じらんねーよなー。でも、いやー、これがマジでさー」

その表情は笑ってこそいたものの、いくらかの真剣さを帯びていた。

おれは珍しく興味を引かれ、話の先を聞いてみたいと思ってしまった。

そんなおれの気持ちとは無関係に、水崎は勝手にしゃべりはじめた。


最近のおれ、なんかずっと変でさー。

何が変って、体調よ。肩は妙にすぐ凝《こ》るし、身体《からだ》も重いし、寝てもぜんぜん回復しねーの。おまけに、ツイてねーなって感じることも多くてさー。なんもないとこで転んだり、靴紐《くつひも》が切れたりとかは、もう日常茶飯事。

昨日の夜も、サークルの飲み会があって深くまで飲んでたんだけど、帰りのタクシーが途中でエンストして動かなくなって。仕方ねーから、家まで歩いて帰ってたのよ。

その途中だったんだわ。

マップを頼りに歩いてたら、いきなし目の前に墓地が現れて。マップを見たら、そん中を突っ切れって出てんじゃん。

正直、深夜に墓地を横切るとかマジかよーって思ったわ。でも、おれもけっこー酔ってたし、まあ早く着くならいいかーって中に入っていったのよ。

けどさ、そこはさすが墓地ってゆーか。やっぱ、薄気味わりぃーったらねーって感じよ。

だんだん寒気もしてきてさー。

出口までやたらかかるし、あー、遠回りしてでも違う道から帰りゃよかったわーって、めっちゃ後悔しだしたら、もっと最悪なことに、なんか急に吐き気もしてきて。とりあえず、おれは止まって墓の陰で休むことにしたんだわ。

ちょっとしたら吐き気はなんとかおさまったから、またボチボチ行きますかーって立ち上がろうとしたんだけど、そんときなんだよ。急に足音が聞こえてきて、誰かの声がしだしてさー。

こんな時間に誰だよー、肝試《きも》しかよー、びびったじゃんよー、とか思ってたら、そいつらは近くまでやってきて、すぐそばで立ち止まって。

おれはこう思ったわ。

いきなり出てって、おどかしてやろーかなって。

んで、まずは様子見をっつーことで、墓の陰から声がするほうを覗《のぞ》いてみたわけよ。

そしたらさ、やー、腰抜かすってのは、ああゆーときのことを言うんだろなー。

そこに輪になって座ってたやつらに、びっくりだった。

なんつったって、鬼だったんだからなー。

なんで鬼だと分かったかって、そりゃもう、一目瞭然よ。

身体はすこぶる大柄で、上半身はすっ裸。でも、その身体が赤かったり青かったりしてんのよ。虎柄のパンツも穿《は》いてるし、頭にツノも生えてんだから、いやもう、これ完全に鬼じゃん、って。

さすがのおれも、びびったわ。見つかったら食われんじゃねーかと。

とにかく、おれは息を殺して陰に隠れてることにしたんだわ。

でもさ、そのうちなんかウズウズしてきて。つーのが、鬼たちの会話は嫌でも耳に入ってくんじゃん？　それがとにかくおもしれーわけ。

エピソードトーク的な感じでさー。ひとりが終わったら次の鬼が話してくスタイルで、どの話も笑わされたり、ハラハラしたり、ドキドキしたり。

で、ある鬼が話してるときに、あまりにおもしれーから、ついプッと噴きだしちゃったわけよ。

「誰かいるのか？」

鬼たちが急に話を止めて、こっちに向かってそう言ってきて。

終わったー、って思ったね。

で、その直後には、おれは鬼に見つかってた。

「おまえら、人間がいたぞ」

おれは首根っこをつかまれて、鬼たちの中心に連れてかれて。

「おい人間、なんでこんなところにいる」

ニラまれて縮み上がりながらも、おれは必死で事情を話した。たまたま通り掛かっただけだって。なんも企んだりしてないから、どうか食わないでくれって。

鬼は鼻で笑ったもんよ。

「はんっ！　おれらに人間を食う趣味なんてねーよ。だが、このまま帰すのもな……」

鬼はしばらく話し合って、そのうちこう言ってきたわけ。

「そうだおまえ、なんかさ、しゃべってみろよ。それがおもろけりゃ、なんもせずに帰してやる」

「は、はい！」

おれに選択肢なんかねーわけで。もうめっちゃ頷《うなず》いたなー。

そっから先は、無我夢中よ。

飲みすぎてやらかした話だろ？　バイト先での失敗談に、サークルで起こった珍事件。おれの引きだしにある、ありとあらゆるエピソードトークを披露《ひろう》してった。

そしたらさー、気づいたら、鬼たちは腹を抱えて笑ってやがんの。

「いい、いい、いいよ！　もっとやれっ！」

そうなると、おれも安心して話に集中できんじゃん？

笑わせるだけじゃ芸がねーから、ほっこりする系の話とか、泣ける系の話とか、いろんなジャンルをぶっこみながら、鬼たちの心を揺さぶりつづけてやったのよ。

で、時間も忘れて話してたら、そのうち鬼が口を開いて。

「おい、もう夜明けじゃねーか……」

そっからはもー、絶賛の嵐よ。

「いやあ、最高だった」

「キミいいよ」

「コングラチュレーション」

「完全にＭＶＰ」

でも、だ。

さあ、解放される――。

そう思ってたときだった。鬼がこう言ったのよ。

「つーことで、明日も来いよ」

「えっ？」

「えっ、じゃねーよ。絶対な」

「えっ、えっ」

パニックになりかけてたら、鬼はさらにこう言って。

「なあ、こいつがまたちゃんと来るように、なんか預かっとかね？」

「いいね」

「アグリー」

「はい決まり。何にしよっか」

鬼たちはおれのことをじろじろ眺《なが》めはじめてさー。

いやー、青ざめたわ。いったい何を取られるのかって。

でだ。

驚くべきは、ここからなんだわ。

次に鬼がなんて言ったかっつーと。

「よし、じゃ、ずっとおまえの後ろにいる、そいつを人質に預かっとくか」

「後ろ……？」

どゆこと？　って、思わず後ろを振り向いたね。

でもさ、当然ながら、そこには誰もいねーわけよ。

「おい、何をきょろきょろしてる。さあ、預かるぞ。来いっ」

こっちに近づいてきたーって思った直後、鬼はおれの後ろに手を伸ばして。

その鬼の手のほうを見て、目ぇ疑ったわー。鬼はさ、なんか青白くて透明なもんを握ってたんだよ。

んで、もっと目を凝らしてみたら、全体の感じが見えてきて。握ってたのは細い腕で、なんと鬼は女の形をした青白いもんを捕まえてたわけなのよ。

まー、もう分かるっしょ。

ハッキリ言っちゃうと、それ、どうも幽霊でさー。鬼が触ったから見えるようになったのか、墓地にいるから見えたのか、そこらへんはよく分かんないんだけど、なんとなんと、おれには背後霊っつーの？　幽霊が取り憑《つ》いちゃってたわけなのよ。んで、鬼はそれをおれの連れだと勘違いして、人質にしたってゆーことなんだわ。

「それじゃあ、明日もここに来いよ。じゃーな」

鬼が行っちゃってからも、おれはしばらくボーゼンとしてたね。

本物の鬼と会ったってことも、そうなんだけどさー。

問題は幽霊のほうよ。

いろんなピースが、バチッとハマったっつーか。

言ったじゃん？　おれ、最近ずっと変な感じだったたって。

身体が重い、不運がつづく。

考えてみたら、そりゃそうなるわなーって。なにしろ、幽霊に憑かれてたんだから。

実際、気がしっかりしてきたあとに身体を動かしてみて、びっくりしたわ。

身体、軽ッ！　って。

なんか、全身についてたオモリが一気に取れた感じっつーか。

気分もめっちゃすっきりしてて、もうさ、生まれ変わったみたいなレベルよ。

要はおれ、鬼に命を取られるどころか、まさかの鬼に救われちゃったってゆーわけなんだわ。マジウケるよね。

まあ、そんで、最高な感じだなーなんて思いながら、なんとなく時計を見たわけ。

そしたら、あれ？　これって、いまから学校行ったら、一限出れんじゃね？　って思ってさー。

徹夜なのに熟睡したあとみたいに気分はいいし、二日酔いにもなってねーし、たまには出席しとくべーって。

で、こうして登校してきたわけよ。

な？　な？　すんげー体験だろ？　な？

水崎の表情は、終始晴れやかなままだった。

その水崎に、おれは言った。

「いやー、びっくりしたよ……」

「だろ？　だろ？」

水崎は、こちらのリアクションに満足したようだった。

おれは思うところがあり、ひとり黙った。

すると、水崎は言った。

「じゃ、おれ、用事あるから、そうゆーことで」

そして、水崎はすたすたと歩いていったのだった。

いつもながら話すだけ話して勝手なやつだと、おれは呆《あき》れた。きっと、わざわざ朝から学校に来たのも、講義に出席するのが目的ではなく、早くいろんなやつらに自分の体験談を聞かせたかったからに違いなかった。

が、今はそんなことはどうでもよかった。

それよりも、おれは真剣にこう考えはじめていた。

水崎と同じようにすれば、おれも鬼に会えるのだろうか——。

行動に移したのは、その日の夜だ。

おれは水崎から聞きだしたその墓地に、実際に足を運んでいた。

深夜の墓地は真っ暗で、じめっとしていて不気味だった。

おれは教えられた場所のあたりで、時間が過ぎるのをひたすら待った。

ガヤガヤと声が聞こえてきたのは、半ば諦めかけたときだった。

「今日もあいつの話を聞くのが楽しみだなぁ」

墓石の陰に身を潜《ひそ》めていると、その一団が現れた。

話の通り、一目で鬼だと分かる風貌だった。

鬼たちは言った。

「おかしいな。昨日の人間の姿が見えないぞ？」

「リアリィ？」

「まさか、逃げた的な？」

「いやいやいや、こっちには人質がいんねんから、さすがにないやろ」

「失念、失念。一瞬、めっちゃ焦《あせ》ったわ」

おれの中には恐怖もあった。

が、意を決し、鬼の輪の中に飛びこんだ。

「すみませんっ」

おれに気づいた鬼たちは口々に言った。

「おお、人間が来た！」

「遅《おせ》えってーのっ」

「じらすなよっ」

「座れ座れっ」

おれは雰囲気に気圧《けお》されながらも、おずおず座った。どうやら鬼たちは、おれを水崎と勘違いしているようだった。

「じゃ、さっそく話してくれ。ヨロシクどうぞ」

「えっと、その……」

しどろもどろになりながら、おれはおもむろに話しはじめる。

できる限り、おもしろく感じてもらえるように。

しかし、鬼たちの反応は微妙だった。一応ひとつの話をしゃべり終えたタイミングで、鬼は言った。

「で？」

「で？　と言いますと……？」

尋ねると、鬼は素朴な感じで聞いてきた。

「いや、オチは？」

「えっと、いまので話は終わりですが……」

「ウソやん」

鬼は素《す》っ頓狂《とんきょう》な声を出す。

「えっ？　えっ？　えっ？　ぜんぜん意味が分からない。えっ？　えっ？」

「ってかさ、なんか、昨日と様子が違くね？」

「あっ、なるほど」

「何がなるほどなんですか？」

「こいつ、まだ本気だしてないいんじゃないか説」

「その説、おれ支持。したらさ、人間のキミ。出し惜しみなしで、こっからはギア上げていこうよ。一緒に高み、目指そうよ」

「つーわけで、はい、次の話。ヨロシクどうぞ」

おれは再びしゃべりだす。

だが、いくらつづけてみてもダメだった。どんな話をしようとも、誰もクスリとも笑わなかった。

鬼たちは次第に顔を曇らせ、やがて見えない圧が高まってきた。

自分が話ベタなのは、最初からよく自覚していた。もとより、おれは特別おもしろいネタを持ち合わせてもいなければ、水崎のような話術もない。が、こうもダメなものなのか――。

「おいおいおいおい、ざけんなよ！　コラァッ！」

ついに鬼は凄《すご》い形相で怒りはじめた。

「やめやめやめやめ！　シャラップじゃ、ボケェッ！　耳が腐ってきたやないかっ、カスゥッ！」

鬼のひとりが腕を振り上げ迫ってきた。

おれは頭を抱えて、ひぃっと縮まる。

命を取られる――。

そう思ったときだった。身体に何かがバシッとぶつかる感じがあって、鬼が叫んだ。

「そいつは返す！　もう二度と、ここには来んなっ！」

そしておれは首根っこをつかまれて、盛大に宙へと投げられた。

「次会ったら、半殺しどころや済ませへんどっ！」

おれはなんとか身を起こすと、ほうほうの体《てい》で逃げだした。

家につくと、おれはへなへなとくずおれた。

恐怖はまだ残っていた。動悸《どうき》もしていた。

だが、やがて落ち着きを取り戻し、自分の身に起こった変化をたしかめはじめた。

全身はオモリをつけられたように重かった。

その理由は明らかだった。

人質にと、鬼が水崎から引きはがして持っていた霊。それを鬼は、おれに返した。つまりおれは、霊に取り憑かれたということだ。

しかし、おれは心の中でこう思う。

結果オーライだったなぁ……。

もともとの考えでは、鬼の気分がよくなった頃を見計らい、自分にあの霊を譲ってほしいと直談判《じかだんぱん》するつもりだったのだ。それが思わぬ形で実現し、幸運だったというよりなかった。

おれは部屋の真ん中で座り直した。

そして、ゆっくり口を開いた。

「……なぁ、エリなんだろ?」

その問いかけに返事はなかった。が、それには構わず、おれはつづけた。

「エリが、水崎に取り憑いてたんだよな?」

部屋は静かなままだった。

しかし、おれは不思議と確信していた。エリの霊が、いまこの場にいることを。

「エリ……」

おれはその名——幼馴染《おさななじみ》の名前を呟《つぶや》く。

エリは半年前にこの世を去った。自ら選んだ方法で。

原因は水崎だ。

大学に上がり、エリは同じサークルの水崎に恋をした。そして、恋愛に免疫がなかったことが災いしたのだろう。口先だけの甘い言葉に乗せられて、エリは泥沼にはまっていった。

あんなやつはやめておけと、おれは何度も忠告した。しかし、エリはあいつに夢中で、気づいたときにはおれの声など届かないようになっていた。

そして、水崎がエリを突き放したのは突然だった。なんだかんだと理由をつけてはいたものの、結局のところは単に前のめりの女が面倒になっただけのことなのだろう。飽きたおもちゃを手放すように、水崎はあっさり離れていった。

「私、バカだよね。あんなやつに振り回されてさ」

エリの声がよみがえる。

「でも、ずっと忘れられなくて」

エリはひどく落ちこんで、身体もどんどん痩《や》せていった。そのうち学校にも来なくなり、連絡も取れなくなった。

そして――。

ふぅ、と溜息をひとつつき、おれは部屋で独りごちた。

「おれさ、ずっとエリが好きだったんだよ」

バカなのは、おれのほうだ。大切な人がすさんでいくのを、何もできずにただ眺めていただけだったのだから。

「まあ、エリにとっちゃ、どこまでいってもおれはただの幼馴染に過ぎなかったんだろうけどさ」

乾いた笑いが部屋に響く。

やがて、おれは引きだしからあるものを取りだした。

昼間に買っておいた線香だった。

おれはそれに火を灯《とも》す。独特の香りがしはじめて、煙が天にのぼりだす。

しばらく経《た》って、おれは言った。

「もうあいつになんか捉《とら》われてないで、ラクになれよ」

そのときだった。

風もないのに、線香の煙が激しく乱れた。
戸惑いはじめたその矢先、おれの身体にも異変が起こった。
全身が急に軽くなったのだ。
やがて煙の乱れは収まって、元のようにくゆりはじめた。
おれは思った。
行った、のだろうか――。
その瞬間、不意に寂しさに襲われた。
強い思いで眺めていたのは、いつもおれのほうだった。
その立場が逆になるのなら。
いっそ、あいつに憑かれたままでもよかったのかな――。
だが、そんな愚にもつかない考えは頭を振ってすぐに払った。
すると、いくらか晴れやかな気持ちになってきた。
やるべきことをやれたような。つかえていたものが取れたような。
おれは水崎の顔を思い浮かべた。
そして、こう口にした。
「何が鬼に救われちゃった、だ。救われたのは、おまえじゃない」

強い口調で、おれは言う。

「本当に救われたのは、引きはがされた後ろの霊のほうなんだから」

Episode 6

RYU-GU

（浦島太郎）

理想の身体《からだ》を手に入れたい。

そんな思いで、おれは近所のスポーツジムの扉を叩《たた》いた。

動機は単純。好きな人の好みのタイプになるためだ。

これまでおれは、ずっと華奢《きやしや》な体型だった。昔はモヤシとあだ名をつけられたこともあるほどで、服もウィメンズを着られるくらいに細かった。

だからこそ、おれは常々、ガタイがいい人に憧《あこが》れていた。自分もあんなふうになりたいなぁと、大学で運動部の人を見かけるたびに思っていた。

けれど、何か具体的なことをするには至らずに、線が細いままで日々を過ごしてきたのだった。

そんなおれの意識が変化したのは、自分が思いを寄せる人——ミカが放った言葉だった。

ある日、ミカが友達と話しているところに偶然出くわし、こんなセリフを聞いたのだ。

「あたし、マッチョな人がタイプでさー」

それを耳にし、おれの心は傷ついた。

ミカのタイプが自分と正反対だったからだ。

しかし、そのすぐあとには、自らにこう言い聞かせていた。

自分を変える、いい機会じゃないか！

おれはひとり、奮起した。

筋トレをして、ムキムキの身体を手に入れよう。

そしてそのあかつきには、ミカに思いを伝えよう――。


ロッカーで着替えを済ませると、おれはさっそくトレーニングルームに入っていった。

中では多くの人がせっせと汗を流していた。

マットエリアに座りこみ、ストレッチをしながらふつふつとやる気をみなぎらせる。

そのときだった。

おれは、おや、と周囲を見やった。

妙な声が聞こえたような気がしたからだ。

が、耳を澄《す》ましながら確認するも、アップテンポのＢＧＭが聞こえるのみで、しゃべっている人なども見当たらなかった。

空耳《そらみみ》だったのかなと考えて、ストレッチに戻ろうとしたときだった。また同じような声が聞こえてきて、聞き間違いではなかったのだと気がついた。

声は、小さいながらも悲鳴のような感じだった。しかし、なぜだか周囲に気にするような人は他におらず、ひとり首を傾《かし》げざるを得なかった。

気味が悪いから放っておこう――。

最初はそう思っていた。

だが、断続的に届く声を聞くうちに、居ても立ってもいられない気持ちになってきた。なんだか助けを求められているように聞こえたからだ。

おれは声に引かれ、ジムの中をさまよいはじめた。そして、しばらくすると、その出どころと思《おぼ》しきところにたどりついた。

それは一人の男だった。どういうわけか、悲鳴はバーベルを担いでスクワットをしている、その男の太ももあたりから聞こえてきているようだった。

横で突っ立っているおれに、やがて男は気がついた。

「なんですか？」

男はバーベルを台に戻して口にした。

「何か用でも？」

「あ、いえ……」

口ごもるおれに男は訝《いぶか》しそうにしながらも、言葉をつづけた。

「これですか？　だったら、同じものがそっちで空いていますけど」

男は隣のバーベルを指差した。

「えっと、そういうわけではなく……」

「だったら、邪魔しないでいただけますか？」

そう言うと、男はまたバーベルを担ぎ、スクワットに勤《いそ》しみはじめた。

再び悲鳴が聞こえてきたのは、その瞬間のことだった。そしてそれは、男がスクワットをするたびに何度も耳に入ってきた。

「ちょっと、やめてあげてくださいよ……」

おれは衝動的に口にしていた。

男は気づかず、また腰を落としてスクワットをした。

「やめてくださいっ！」

繰り返される悲鳴に耐えられず、気づくと大きな声を出していた。

ジムはシーンと静まり返り、おれはハッと我に返った。

「す、すみません、大声を出したりして……」

すぐに頭を下げて謝るも、男はバーベルを台に戻し、不審者を見るような目つきでこちらを見た。

気まずい沈黙が流れていく。

男はチッと舌打ちした。

「なんなんだよ……」

そして、関わり合いにはなりたくないといった様子で器具から離れ、そのままどこかに去っていった。

男が消えると、もう悲鳴は聞こえなかった。

いまの声は、何だったのか……。

まったく訳が分からなかったが、それよりおれは周囲の視線が気になった。明らかに、みんなが不審そうにこちらを見ていた。

どうにも居心地が悪くなり、これは早々に退散したほうがよさそうだなと空気を察した。

そして結局なにもしないまま、ジムを後にしたのだった。


妙なことが起こったのは、翌朝だった。

目を覚ますと、両足の太ももあたりに違和感があったのだ。立ち上がって触ってみると太ももは明らかに少し大きくなっていて、状況がのみこめずに狼狽《ろうばい》した。

直後、さらにおかしな事態に見舞われる。

その太ももが主導するようにして、おれの足が勝手に歩きはじめたのだ。

なんだなんだ!?　どういうことだ!?

抵抗しようと試みたが、足はまったく言うことを聞いてくれなかった。

意図せずおれは、どんどん歩く。

玄関のところまでやってくると、足はドアを蹴りだした。

「おい！　やめろ！」

たまらずドアを開け放つと、再び足は進みはじめた。なす術《すべ》がないまま、おれは足に連れられる――。

そうしてどれだけ歩いたか分からない。

おれは知らない道を、ひたすら進んだ。

やがて陽も沈んでしまい、疲労感はピークに達して意識も朦朧《もうろう》としはじめた。

今いる場所がどこなのか……。

携帯がないので、その見当もつきやしない。

そのときだった。

足が急に歩みを止めて、おれはつんのめりそうになった。

なんとかバランスを保って顔を上げると、目の前には見たこともないほどの大御殿がそびえていた。

《RYU—GU》

入口の門の上には、青いネオンでそんな文字が書かれていた。

なんだここはと思っていると、また足が動きはじめ、おれは御殿の中へと連れられた。

板張りの廊下の先に待ち受けていたのは、大きな座敷部屋だった。

と、部屋に入った瞬間に、太ももからふっと力が抜けた気がした。もしやと思って力を入れると足は元に戻っていて、自由に動くようになっていた。

混乱はつづいていたが、疲れもあって、おれはひとまずその場に座った。

ここはいったい何なんだ……。

そのときだった。襖《ふすま》のひとつが、すうっと開いた。

見ると、眩《まばゆ》いほどに美しい女性が座っていた。

「ようこそ、RYU—GUへ。わたくし、オーナーの乙姫《おとひめ》と申します」

乙姫と名乗ったその女性は、つづけて言った。

「ご到着をお待ち申しておりました」

その言葉が引っ掛かり、どういうことかとおれは尋ねた。

「なんだか、ぼくがここに来るのを知っていたみたいな言い方ですね……」

「ええ」

乙姫はニッコリ微笑《ほほえ》んだ。

「先ほどまでおみ足についていた筋肉が、あなた様をこのRYU―GUへと導いたのです」

「なんですって？　いや、たしかにここへ来たのは足が勝手に動いたからですが……」

乙姫は言った。

「あの筋肉は、あなた様に助けられた筋肉なのです」

「は？」

「覚えていらっしゃいませんか？　昨日、ジムでいじめられていた筋肉のことを」

「えっ……？」

「悲鳴を上げていた筋肉です」

「悲鳴……あっ！」

おれはやっとピンと来た。

昨日のジムで聞いた声……乙姫はそのことを言っているのではなかろうか？

そして次の瞬間、頭の中でひとつにつながるものがあった。

筋トレで負荷をかけることを「筋肉をいじめる」などという。さらには限界まで筋肉に負荷をかけたとき、「筋肉が悲鳴を上げている」などと表現する……。

おれは言った。

「それじゃあ、ぼくが耳にしたあの声は……」

「はい、いじめられていた筋肉の悲鳴に他なりません」

乙姫は、こうも言った。筋肉の悲鳴は、誰にでも聞こえるわけでは決してない。そしてその聞こえた者が筋肉を助けてやったときにだけ、この場所への道が開かれるのだ、と。

「ですが、ぼくは単に、筋トレをしていた男性に声を掛けただけですけど……」

「結果的に助けたことに変わりないではありませんか。あの筋肉も、深く感謝をしておりました」

「はあ……」

乙姫は、ともあれ、とこう言った。

「せっかくお越しになられたのですから、ここでの生活を堪能《たんのう》していってくださいませ」

それを聞いて、おれは肝心なことが抜けていたと、乙姫に聞いた。

「あの、それで、ここはどういう場所なんですか……？」

先ほど見た〝RYU―GU〟という青いネオンが頭に浮かぶ。

「ジムです」

「ジム？」

「もちろん、ただのジムではありません。筋肉をいじめずして肉体を改造できる場所なのです」

「えっと、新しいトレーニング法を導入しているとかですか……？」

「いえ、このRYU―GUでは、そもそもトレーニングをする必要がありません。とにかく、まずはぜひご自身で体験なさってみてください。……みなさんっ」

そう言って、乙姫がパンパンッと手を叩いた直後だった。

襖が開いて、スタイルのいい美男美女たちがぞろぞろと部屋に入ってきた。

彼らが持っていたのは脚付きのお膳で、それを座敷いっぱいにロの字型に置いていく。

おれは自分の前に置かれたものに目を落とした。お膳に載った虹色の螺鈿《らでん》の漆器《しっき》には、海の幸が豪勢に盛られていた。

「では、みなで宴《うたげ》とまいりましょう。どうぞ、お召し上がりください」

これが肉体改造と何の関係があるのだろう。

そう思いはしたけれど、空腹には勝てず、おれは言葉に甘えることにした。

「それじゃあ、まあ、いただきます……」

直後、声を上げていた。

「おいしいっ！」

マグロの刺身を口に含むと、とろけるような甘みがあった。

おれは次々に盛られた刺身を口にする。

ヒラメにスズキ、アジにサワラ。どれも新鮮で絶品だった。

他の料理にも箸《はし》をつけた。

タコの酢の物。もずくの味噌汁。エビの天ぷら。タイの塩焼き。

普段ならすぐに満腹になるはずなのに、不思議といくらでも入ってしまう。

「お酒はいかがですか？」

乙姫が、お猪口《ちょこ》にお酌をしてくれる。

「しみますねぇ……」

お猪口が空くと、また新たな酒を注《つ》いでくれる。

おれはふと思いだして、乙姫に言った。

「あの、こんなに食べたら運動なんてできませんが、大丈夫ですか……？」

「いいのです。むしろ、このままいつでも眠っていただいて構いません。もし眠たくなられたら、おっしゃってくださいね。お部屋もご用意しておりますので」

「泊まることもできるんですか？」

乙姫は微笑みながら頷《うなず》いた。

「はい、心ゆくまで、何日間でも滞在していってくださいませ」


次の朝、目が覚めると、おれはふかふかの布団の中にいた。

ここはどこだと一瞬考え、そうだった、と思いだす。

昨夜の記憶は、途中から曖昧《あいまい》になっていた。きっと、酔いと疲れで寝落ちしてしまったのを、誰かがここまで運んできてくれたのだろう。

布団から出て人を探してうろついていると、乙姫とバッタリ出くわした。

「おはようございます。昨夜はよく眠れましたか？」

「はい、おかげさまで」

「朝食の支度ができております」

昨日の座敷に案内されると、またもや豪勢な食事が並んでいた。

不思議と胃もたれもしておらず、おれはさっそく両手を合わせた。

「いただきます」

乙姫が口を開いたのは、その食事の最中だった。

「ところで、お身体のほうはいかがですか？」

「体調ですか？　いつも通りな感じですが……」

「いえ、お身体が少し引き締まっているのではと思うのですが」

「えっ？」

「ぜひ、お腹のあたりをおたしかめになってください」

促され、おれは服をめくって自分の腹に目をやった。すると、腹筋に薄《うっす》ら割れ目ができていたから驚いた。

「これは……!?」

「ここでのお料理には特別な成分が含まれていて、栄養を筋肉へと変える作用があるのです。よく食べ、よく飲むことで、自然と肉体が改造されていくというわけです」

「そんなことが……」

俄《にわ》かには信じられない話だった。が、事実、おれの腹筋は一夜にして割れていて、疑いを差し挟む余地などまったくなかった。

「うちのスタッフも、みなこれによって理想の身体を手に入れております」

そばにいた美男美女たちが、一斉に力こぶを作ってニカッと笑った。

それからは、朝昼晩と素晴らしい食事に舌鼓を打つ毎日がつづいていった。

おれの身体は、日に日にたくましくなっていった。

食事のとき以外はというと、寝て過ごしたり、備えつけの雑誌や漫画をだらだら読んだり。自宅のような感覚で、何不自由なく快適に過ごした。

座敷にある舞台の上で、スタッフたちがパフォーマンスを披露《ひろう》してくれることもあった。アクロバティックな演劇やサーカス。ポールダンスに、ブレイクダンス。

パーフェクトな肉体を活かした演目は、素人《しろうと》目で見ても素晴らしかった。

そのうちおれも、彼らの輪に加えてもらうようになる。労せずして手に入れた筋力で、以前の自分では考えられなかったような動きを楽しむ。

日々は過ぎ、やがておれの腹筋はバキバキに割れ、背筋は逆三角形に盛り上がるほどになっていた。

身体ができると、自信も出てくる。

それも要因になったのだろう、おれはＲＹＵ—ＧＵの女性陣からモテるようにもなっていた。

しかし、どんなにチヤホヤされようとも、彼女たちに心がなびくことはなかった。

おれは、ミカ一筋なのだ――。

その気持ちは、変わらず自分の中にあった。

あるときは、ボディビルの大会も開かれた。

その大会で、おれは優勝してしまう。大歓声のシャワーを浴びて、これ以上ないほどの愉《ゆ》悦《えつ》にひたる。

RYU―GUで、おれはスポットライトの真ん中にいた。すべてが自分を中心に回っているような感覚もあった。

これが栄華というやつか――。

そんなおれが乙姫にこう切りだしたのは、RYU―GUに来て半年ほどが経《た》った頃のことだった。

「そろそろ、帰ろうかと思います」

乙姫は「まあ」と口にし、どうしてなのかと理由を尋ねた。

「学校もありますし、大切な人を残してきたので」

「そうですか……」

乙姫は残念そうな顔をしつつ、少し待つようにと言ってどこかに消えた。

やがて戻ってきたときには、その手に小箱を抱えていた。

「こちらをお持ちになってください」

「これは……？」

「おみやげです」

乙姫は言った。

「この箱には、RYU―GUでの日々が詰《つ》まっています。もしも取り戻したいと思ったときは、どうぞ開けてみてください」

「分かりました」

おれはさして深く考えず、そのおみやげを受け取った。

「帰り道は、あのときの筋肉がお送りさせていただきます」

乙姫の言葉で、太ももが一回り大きくなった。

その筋肉に導かれ、おれは惜しまれつつもRYU―GUを後にした。


自宅につくと、自由になったその足で、すぐに大学へと赴《おもむ》いた。

頭の中は、ミカのことでいっぱいだった。

この肉体美を目にしたら、絶対に振り向いてくれるはず――。

しかし、そんなことを考えながら、キャンパスをうろうろしていたときだ。

前から歩いてきた二人組が目に入り、おれは言葉を失った。

それは、知らない男と、その男に腕を絡ませているミカだった。

困惑して立ち尽くしていると、ミカも気がつき立ち止まった。

「あれっ、久しぶりじゃーん」

ミカはつづけた。

「半年ぶりくらいって感じぃ？　しばらく見なかったけど、何やってたの？　あっ、てか、紹介するね。この人、最近できたあたしの彼氏ぃー」

「えっ？」

彼氏だって？　ウソだろう？

おれは激しく動揺した。

そして、それに拍車をかけたのは、ミカが紹介した男だった。改めてそいつを見ると、男の体型は以前のおれと同じように華奢だったのだ。

おれは、たまらず口にした。

「ねぇ、ミカって、マッチョな人がタイプなんじゃなかったの……!?」

「前まではねー」

ミカはヘラヘラ笑っている。

「なんかぁ、価値観が変わったってゆーの？　細い人も、モデルみたいでかっこいーなって」

呆然《ぼうぜん》とするおれに、ミカはつづけた。

「てかさ、あんた、めっちゃ体型変わったね。マッチョすぎじゃない？　どーしたの？」

「いや……」

ショックで言葉がつづかなかった。

そんなおれを不思議そうに見つめつつ、ミカはあっさり「じゃーね」と言って去っていった。

あんまりだ、と、おれは思った。

こんなことがあってたまるか……。

というか、おれが費やした時間は何だったんだ？　無駄なことをしているあいだに、よりにもよってモヤシ男にミカを取られてしまったじゃないか！

しかし、そのときひらめいた。

乙姫にもらった、あの箱だ！

たしか、箱の中にはＲＹＵ―ＧＵでの日々が詰まっていると言っていた……。

つまりはだ！　これを開ければ、前までの華奢な身体を取り戻せるに違いない！

今からでも遅くない、彼氏がいようが構うもんか！　元に戻って、ミカを振り向かせてやる！

おれは箱を取りだし蓋《ふた》を開けた。

次の瞬間、白い煙がモクモクモクッと立ちのぼり、全身がそれに包まれる——。


〜


その後、おれは近所のジムに入会し直し、ウォーキングに勤しむ日々を送っている。動くたびに大きく揺れる、脂肪の塊《かたまり》を落とすため。

乙姫からもらった箱には、たしかにＲＹＵ—ＧＵでの日々が詰まっていた。好きなだけ食っちゃ寝をした堕落の日々が、たっぷりと。

今でもジムを訪れると、おれは時折いじめられている筋肉の悲鳴を耳にする。

しかし、いつも聞こえぬふりを決めこんで、自分の運動だけに集中している。

下手《へた》に助けて、また妙な場所に連れて行かれてはたまらない。

それより閉口しているのは、身体についた、このぶよぶよだ。

脂肪はいくらいじめようとも、悲鳴も上げずに忍耐強くおれの身体で粘っている。

Episode 7

桜守り

（花咲か爺《じい》さん）

父さんは町の桜守りだ。

それを知ったのは、おれが小学校にあがる前の、ある春のことだった。

仕事だと言って夜な夜なせわしげに出かけていく父さんを見て、母さんにこう尋ねたのだ。

「ねぇお母さん、お父さんは何のお仕事をしてるの?」

母さんは少し考えたのちに、口を開いた。

「そうね……そろそろ理解できる年頃かもしれないわね」

おれが首を傾《かし》げていると、母さんはつづけた。

「お父さんはね、桜守りなの」

「さくらもり?」

「そう、世の中では桜のお世話をしたりする人を桜守りって言うんだけどね。お父さんの場合は少し違って、お世話に加えて桜の花を咲かせる役目も務めてて……お父さんのおうちはね、この町で代々、桜守りをしてきたの。この町の桜守りは、春になると町の桜を一本一本見て回って。そうして、蕾《つぼみ》がついてなかったり、開花が遅れてる桜を見つけると、花を咲かせるお手伝いをしてあげるのよ」

「へぇ……」

そのときは、正直なところあまりピンと来てはいなかった。が、なんだか妙に気になったのもたしかだった。

次の夜、おれはいつものように出かけていく父さんのあとを追って、こっそり家を抜けだした。

たどりついたのは、町なかの大きな公園だった。そこは春になると花見をする人でにぎわう場所で、その頃もまだ八分咲きの桜を愛《め》でに、昼間は多くの人であふれていた。

父さんは、立ち並ぶ木の一本へと歩み寄った。そして点検するように、しばらく懐中電灯の光を当ててまじまじと眺《なが》めた。

いったい何をしてるんだろう——。

父さんが動いたのは、次の瞬間だった。

懐《ふところ》から袋を取りだしたと思った直後、何かを呟《つぶや》き、桜に向かって握ったものを高く放り投げたのだ。

父さんは、すぐにまた光を木に当てだした。

それを見て、おれは思わず、えっ、と声を上げていた。

「誰かいるのか？」

父さんがこちらに気づいて口にした。

「……なんだ、おまえか」

おれは見つかったことよりも、目の前で起きた変化に釘付《くぎづ》けになってしまっていた。

「お父さん、その桜……」

そこから先の言葉が出なかった。

最初に父さんが懐中電灯を当てたとき、その木はたしかに花をつけていないように見えたのだ。しかしいま、木には他の木同様、桜の花が八分咲きになっていた。

刹那《せつな》、母さんの言葉が思いだされた。

お父さんは、桜守り――。

おれは尋ねた。

「これがお父さんのお仕事なの……？」

父さんは一瞬眉《まゆ》をひそめて苦笑した。

「母さんから聞いたのか」

「ねぇ、どうなってるの？　なんで花が咲いてるの？」

「仕方ない……まあ、興味があるならついて来なさい」

父さんはスタスタと歩きだし、おれは黙って後につづいた。

しばらくすると、父さんはまた一本の桜の木の前に立った。

「こいつも遅れてるみたいだな」

懐中電灯で木を照らすと、その木についた桜の蕾は、どれもまだ開花してはいなかった。

父さんは懐から先ほどの袋を取りだして、そこに手をつっこんだ。

直後、こんな言葉を口にした。

枯れ木に花を、咲かせましょう――。

父さんは手につかんだものを勢いよく宙に放った。

ざぁっ、と何かが木にかかる。

すべては、あっという間の出来事だった。

気がつくと桜は開花していて、おれは目を丸くした。

「何を投げたの……？」

「灰さ」

父さんはつづけた。

「これは桜の古木をもとに作った灰でな。我が花咲《はなさか》家に伝わる秘伝のレシピで仕込んだものだ」

「それをかけると、桜が咲くの？」

「そんなところだ」

その春は父さんに頼みこみ、よく仕事の現場についていった。

あるとき、おれは言ってみた。

「ねぇ、ぼくも桜の花を咲かせてみたい」

しかし、父さんはいつになく顔を険しくさせた。

「これは遊びじゃないんだ。やみくもに投げればいいというわけでもない」

その厳しい口調に、おれは軽はずみなことを言ってはいけなかったと子供心に深く反省したものだった。

父さんは、いつも人気《ひとけ》のない夜に仕事をしていた。けれど、町の人はみんな父さんの仕事のことを知っているのだと、のちに気がつく。

人々は、美しく咲きそろった桜を眺めて幸せそうだった。それを見て、おれも幸せな気持ちになった。

春が終わると、桜の季節も同時に終わる。

他の時期、父さんは何をしているのかと母さんに尋ねたこともあった。

「みんなに元気をあげてるのよ」

それも大事な仕事なのだと、母さんは言った。

「どういうこと？」

「うちに来る人たちのことを注意して見てるといいわ」

我が家には日頃から、父さんに会いに老若男女、いろんな人がやってきていた。彼らは何をしに来ているのだろうと、ずっと不思議に思っていたのだ。

おれは早速、家に来る人たちを観察してみた。そうするうちに、ある共通点に気がついた。みんな来たときと帰るときとでは見違えるように顔色がよくなっていたのだった。

その発見を報告すると、母さんは言った。

「お父さんはね、困ってる人たちに灰をかけてあげてるの」

「灰って、あの？」

「そう、あれには桜の花を咲かせるだけじゃなくて、人の心にも花を咲かせる力があってね。落ちこんでる人とか疲れてる人とか、お父さんはその人の悩みに応じて灰をかけてあげてるの。ただし、過剰摂取は身体《からだ》にとって毒になるから、ちょうどいい量を見極めてね」

その後もおれは、頬《ほお》を桜色に染め、活き活きとした表情で帰っていく人たちを幾度も見た。

父さんは無骨で無口で、何を考えているのかよく分からないところがあった。でも、おれの中ではそんな父さんを誇りに思う気持ちがどんどん強くなっていった。

一方で、一度ひどく怒られたこともあった。

それは、中学二年生の春のはじめ。

友達と遊んでいるうちに、何かの流れで父さんの話になった。

「なぁ、おまえん家《ち》、桜守りってやつなんだろ？　ってことは、おまえも花を咲かせられるのか？」

おれは言った。

「あれは父さんの仕事だから」

「でも、ただ灰をかけるだけなんだろう？　灰があったらできんじゃねーの？」

「いや……」

おれは否定しかけて、言葉を詰《つ》まらせた。

むかし父さんに、桜守りは遊びじゃないと、たしなめられたことがあった。

けれど、灰があれば自分にもできるかもしれない——そう考えたことはこれまで何度もあったのだ。

おれは灰を保管してある場所も、その鍵《かぎ》が置いてあるところも知っていた。

「なぁ、物は試しでやってみようぜ」

その言葉が最後の一押しになった。

家に戻ると、おれは誰もいないのを確認し、ひと握りの灰を袋に入れて持ち出した。

再び友達と合流すると、おれたちは近所の桜並木のところに行った。

開花はまだ少し先のようで、そこにある木はどれも蕾の状態だった。

「早く早く」

目を輝かせる友達に、おれは言った。

「落ち着けってば。よし、それじゃあ……」

おれは一本の木の前に進み出ると、灰をつかんだ。そして、見よう見まねでそれを投げつつ、声を上げた。

「枯れ木に花を……咲かせましょうっ！」

木に灰がかかったと思った、次の瞬間のことだった。

ポン、ポン、ポンと蕾が弾け、花は一斉に開花した。

「おおっ……！」

友達は感嘆の声を上げ、おれも得意な気持ちになった。

どうだ、見たか——。

が、そう思った直後だった。咲いた花が、急にハラハラと散りだした。

混乱しているあいだにも花はどんどん落ちていき、桜吹雪《ふぶき》があたりを包んだ。

やがて花がすべて落ちたその木からは、勢いよく緑のものが芽生えはじめた。それは葉っぱで、みるみるうちに目の前の木は葉桜へと姿を変えた。

そこでようやく変化は止まった。が、開花を控える桜並木の中にあって、その一本だけは夏真っ盛りのような状態になってしまった。

マズイことになったと、ひとり慌てた。

おれは友達を帰すと、父さんのもとに急行した。

事態を知った父さんは、すぐに問題の桜のところへ駆けつけた。そして、迷うことなくいつもの灰を投げかけた。

しばらくすると、桜の葉は急激に茶色に変わり、地面に落ちた。枯れ木になった——そう思っていた矢先に今度は蕾が膨《ふく》らんで、気づくと桜は灰をかける前の姿に戻っていた。

お互い無言のままで帰宅すると、父さんはおもむろに口を開いた。

「おまえには、おれがただ灰をかけているだけに見えたんだろう。だがな、桜守りはそんな甘い仕事じゃないんだよ。おまえの軽率な行動で、あの木の寿命を無意味に一年縮めることになってしまった」

その声は悲しみをはらんでいて、重く心にのしかかった。言い訳する余地はなく、おれはただただうなだれた。

それ以来、おれは父さんの仕事に以前にもまして畏敬《いけい》の念を抱くようになった。難しく、責任の重い仕事なのにもかかわらず、父さんは誰に自慢するでもなく淡々と桜を見守り、人々の心に花を咲かせつづけているのだ。

自分もいつか、父さんのような桜守りになりたい――。

おれは自然とそう思うようになっていき、高校生になった頃には、卒業後は父さんに弟子入りしようと決意するようにもなっていた。

そんな日常に亀裂が走ったのは、ある春の日のことだった。

買い物に出かけていた母さんが、ひどく焦《あせ》った様子で帰ってきたのだ。

どうしたのかと尋ねる前に、母さんは父さんの仕事部屋を強い調子でノックした。ちょうど来客が途絶えていたこともあり、父さんはすぐに顔を出した。

「どうしたんだ？」

「桜が大変なことになってるの！」

「どういうことだ？」

「とにかく早く！」

父さんと母さんは駆《か》けだして、おれも急いで後につづいた。

そして、近所の桜並木まで来て絶句した。

そこに咲いていたのは、父さんの手で満開を迎えた淡いピンクの花ではなかった。どの花も、派手なショッキングピンクをしていたのだった。

父さんの顔は紅潮していた。怒りによるものだと、すぐに分かった。

「あいつの仕業《しわざ》か……」

「あいつ？」

おれの質問には答えずに、父さんはずんずん歩いていった。

と、道の先に一台のトラックが止まっているのが目に入った。その荷台には大量の灰が積まれていて、そばでは一人の男が桜に向かって灰を投げているところだった。

父さんは男に近づき、腕をつかんだ。

男はイタタタッと大げさに叫び、手に持った灰を地面に落とした。

「ちょっと、やめてくださいよ、痛いじゃありませんか……」

手を放しつつ、父さんは言った。

「なんでおまえがここにいる」

「あらあら……久々の再会なのに、ずいぶんつれない感じですねぇ」

「どの面《つら》下げて戻ってきたんだ」

どうやら二人は顔見知りらしかった。

父さんはつづけた。

「いや、この際そんなことはどうでもいい。それより、これはどういうことなんだ？」

父さんはトラックを顎《あご》で示した。その側面には〝大隣《おおどなり》興業〟という字が描かれていた。

「どうもこうも、ボクは単に仕事をしているだけですが」

「ふざけるな！　桜に妙なことをして……」

「妙ですって？」

男はフンッと鼻で笑った。

「どこがです。こっちのほうが、よっぽど素敵な桜ではありませんか」

「おまえ、出て行くときに、うちの灰を持ち出したな？」

「さあ、何のことでしょう。まあ、ボクが時代遅れの灰を、長年かけて改良してあげたのは事実ですが」

「……今すぐおれが元の桜の姿に戻す。町のみんなも黙ってないぞ」

「そうでしょうか。まあ、好きなようになされればいい。ボクはボクの仕事をするまでです」

父さんはその言葉を聞き終わる前に、家に向かって踵《きびす》を返した。母さんに目で促され、おれも一緒に後を追う。

家に帰ると、父さんは灰を持ってまた出て行った。残されたおれは、母さんに尋ねた。

「あの人、誰なの？」

「大隣っていう、お父さんの弟子だった人よ。あなたがまだ小さかった頃に出ていって、それっきりだったんだけど……」

母さんは言った。

大隣は弟子入りしてすぐのときから、どこか不遜《ふそん》で浮ついたところのある人間だった。未熟な身にもかかわらず、自分は桜守りだ、偉いのだ、と周囲に自慢げに吹いて回ったりしていたらしい。

あるときそれを人づてに知った父さんは、こっぴどく叱《しか》った。だが、大隣は反省するどころか、ふてくされた。そして、事あるごとに父さんにたてつくようになり、古い考え方にはついていけないと捨てゼリフを残して去っていった。

「でも、まさか戻ってくるなんて……それもあんな変な灰を……」

「あの灰、うちのレシピを改良したものだって言ってたね……だけど、あんな下品な桜、誰も喜ばないよ」

「そうよね、どういうつもりなのかしら……」

そのとき玄関が開く音がして、父さんが帰ってきた。

どうだったかと尋ねようとそちらを見ると、青ざめた顔が飛びこんできた。

不穏なものを感じ取りつつ、おれは聞いた。

「どうだった……？」

「ダメだ、町じゅうが祭りみたいな騒ぎになってる……」

「えっ？」

母さんとおれの声が重なった。

父さんはつづけた。

「あの下品な桜を、みんなが歓迎してるんだ……おれが灰で元の色に戻そうとしたら、余計なことをするなと町の人たちに止められた」

言葉の意味を即座に呑《の》みこむことができなかった。

いったいどういうことなのか――。

「ちょっと見てくる！」

それだけ言うと、おれは外に飛び出した。

町は大変な賑《にぎ》わいになっていた。

ショッキングピンクに変わっていたのは、先ほどの場所の桜だけではなかった。目につく限りの桜の花が、短いあいだにケバケバしい色に変化していた。そして、その桜を見に大勢の人が道に出ていて、ワイワイと楽しそうにしていたのだった。

おれは花見客の中心に大隣の姿を見つけ、歩み寄った。

「すみません、ちょっといいですか？」

大隣はこちらに気がつき、口を開いた。

「おや、キミは先ほどの。花咲さんのご子息も、すっかり大きくなりましたねぇ」

「そんなことより、これはどういうことですか？」

「はい？」

「どうしてみんな、あなたの桜を歓迎してるんですか？　いったい何をしたんです！」

大隣は不敵な笑みを浮かべた。

「別に。花を咲かせる以外にはなんにもしていませんが」

「ウソだ！　こんな桜が受け入れられるはずがない！」

「そう言われましても、ご覧の通りでしてねぇ。みなさん、ありきたりな桜には飽きてしまっていたのでしょう。ボクは、そんなみなさんに新しいご提案をしたまでです。キミも、現実をしっかり見られたほうがいいのでは？　お父さんの時代は終わったということですよ」

おれは反論したかった。が、言葉は浮かんでこなかった。何を言おうと、目の前で多くの人が大隣の桜を歓迎しているのは事実だった。

「……くそっ！」

そう吐き捨てると、おれは身を翻《ひるがえ》した。

「ボクの弟子になりたかったら、いつでもどうぞ。時代錯誤のお父さんなんかとは違って、ボクならすぐに現場に出してあげますよぉ」

大隣の高笑いが背中に届いた。

その日から、父さんの口数は明らかに減った。

これからまさに、桜守りとしての大一番である花盛りの時期を迎える——そんな矢先の出来事だったのだ。

町に出ても、もはや父さんの出る幕は残されてはいなかった。数日のうちに、大隣は町のすべての桜をショッキングピンクへと変えていた。

人々の盛り上がりようは異様だった。

桜の色に誘発されてのことなのか、彼らはいつも以上に酒を呷《あお》った。それで気分はいっそう高まり、昼も夜も騒がしいほどに人の声が入り乱れた。

そしてその興奮は、桜の季節だけにとどまらなかった。

原因は、やはり大隣にあるらしかった。春が終わると、大隣は町の人たちに灰をかける仕事をやりはじめたのだ。

「父さん、みんな様子がおかしいよ……」

おれは言った。

「友達も熱に浮かされてるみたいになっててさ……どうにかしないと……」

「残念ながら、お手上げだ」

父さんの声は弱々しかった。

「あいつの灰は、必要以上に人の心を高揚させる作用を持つらしい。それに、大隣が無理強《じ》いしていることならば、おれの出る幕もあるだろう。だが、実際はそうじゃない。みんな自分から求めてるんだ」

「でも！」

父さんは力なく首を振るばかりだった。

人々の大隣への好意的な反応は、父さんに想像以上の精神的ダメージを与えていた。父さんにとっては自分の存在を根本から否定されたようなもので、その落ちこみようは見ていられなかった。

あまりに気分が沈みこんでいるようなときは、父さんを促し、自分で自分に灰をかけさせ元気を出させた。しかし、それ以上はおれも母さんも励ますくらいのことしかできず、なす術《すべ》なく時間だけが経《た》っていった。

夏が過ぎ、秋が来て、冬になっても、町は浮かれたままだった。

そして次の春に景色を彩ることになったのも、大隣のショッキングピンクの桜だった。

「もう廃業してはいかがですか？」

大隣は出くわすごとに嫌味を言った。

「旧時代の人間に、世間は用などありませんよ」

しかし、おれも母さんも諦《あきら》めはしなかった。

「絶対に、またみんなが振り向いてくれる日が来るからさっ！」

大隣のことは無視をして、塞《ふさ》ぎがちな父さんを励ましつづけた。

思わぬ転機は、その春のさなかにやってきた。

町の人々が、突如として不調を訴えるようになったのだ。

――なんだか慢性的に疲れが取れない。虚無的な気分から抜け出せない――

そういう声が聞こえてきた。

人々はこうも言いだした。

――あの派手な桜を見ていると、体調が悪化するような気がする。なるべく桜は見たくない――

家にこもって一向に外に出なくなった人々に、大隣は拡声器を片手に訴え歩いた。

「みなさん、どうしましたか!?　ほら、桜の季節ですよ！　一緒にお花見をいたしましょう!」

その口調は、焦ってイライラしているように感じられた。

そしてついに、町の人たちが父さんの元へとやってきた。

——あの派手な桜をどうにかしてもらえないか。これまで本当に申し訳なかった。すべての桜を、元の桜に戻してほしい——

「父さん、やろう!」

おれと母さんが言うより早く、父さんは立ち上がっていた。

「ああ、やるぞ!」

たくさんの灰を袋に詰め、父さんはすぐに町じゅうを回りはじめた。

父さんが灰をかけると、ショッキングピンクだった桜は葉桜になり、枯れ木になり、やがて淡いピンクの花を満開に咲かせた。

「何を勝手に!」

大隣が大声で叫び、再び自分の灰を桜にかけようとした。

「もうあなたの時代は終わったんだっ!」

しかし、町の人々に止められたのは、今度は大隣のほうだった。

羽交《はが》い絞めにされた大隣は、声の限りに叫びつづけた。

「くそっ！　放せぇっ！　ボクがすべて正しいんだぁっ！」

異変が起こったのは、そのときだった。

大隣が急に苦しみはじめ、咳《せ》きこみながら地面に倒れたのだ。

あたりは騒然となり、おれは思わず駆け寄った。

その次の瞬間だった。

大隣は、突然ピンク色の何かをゴボッと吐いた。

見ると、それは桜の花びらの塊《かたまり》だった。

「バカが……」

父さんが近づいてきて、大隣の吐いたものを見てこう言った。

「ただでさえ刺激の強いあの灰を、自分を奮《ふる》い立たせるために見境なくかぶってでもいたんだろう。過剰摂取で全身が桜に侵されてやがる……」

手遅れだ、と父さんは言った。

「どうなるの……？」

「見てるといい」

身体の異変を察したようで、大隣はおれたちの前で泣き叫んだ。

「いやだぁっ！　死にたくないぃっ！」

しかし、やがてそのときが訪れる。

大隣は痙攣《けいれん》しはじめ、しばらくすると身体を反《そ》らせて、ピクリとも動かなくなった。

直後、その身体は力を解放されたように、突然、わさぁっと地面に崩れて広がった。

あとには大隣の着ていた服と、ショッキングピンクの花びらの山だけが残された。


町は時間が経つにつれ、ゆっくりと元の落ち着きを取り戻していった。

その間も、父さんは大隣の桜の後遺症に苦しむ人たちを助けるために、せわしない日々を送っていった。

高校を卒業すると、おれは父さんに頼みこみ、正式な弟子にしてもらった。

「桜守りは厳しいぞ」

覚悟を決めたその心で、おれは深く頷《うなず》き返す。

花びらへと変わり果てた大隣は、家族みんなで我が家の庭に葬《ほうむ》った。

大隣は憎いだけのやつだった……が、あいつはあいつなりに事情があったのかもしれないな。

近頃ようやく、そう思えるようになってきた。

しかし、こうも考える。

あるいはあいつは、底知れない桜の魔力に憑《つ》かれただけだったのかもしれないな――。
その大隣を埋めたあたりの地面には、手折《たお》った桜の枝が目印代わりに挿《さ》してある。
おれはまだまだ未熟な腕で、枝に向かって静かな気持ちで灰をかける。

枯れ木に花を、咲かせましょう――。

季節外れの淡いピンクの桜の花が、細い枝先にポンと咲く。

Episode 8

将門《まさかど》の呪い
（平将門《たいらのまさかど》）

今日もまた、担当を割り振られた社員たちは虫捕り網をおのおの手に持ち、社内を走り回っていた。

「おい、待て！」

「逃げるな！」

「そっちに行ったぞ！」

彼らが手分けして捕まえようとしているもの。

それは首だ。

社内を飛び回っているたくさんの生首たちを、彼らは必死に追いかけているのである。

こんなことになった原因はハッキリしていた。

それは、平将門《たいらのまさかど》の呪《のろ》い——。

怪現象が起こったのは、会社が新社屋に引っ越してきてからのことだった。その場所に元々建っていたのが平将門の首塚で、新社屋はそれを壊したところに建てられたのだ。

平将門は平安時代に生きた関東の豪族だ。彼は争いを起こして朝廷と対立し、のちに平将門の乱と呼ばれる戦《いくさ》を行う。しかし合戦のさなかに討ち死にし、京都でさらし首にさせられる。

伝説では、彼は首だけになっても生きつづけていたという。そしてあるとき関東に向けて飛び去るも、途中で力尽きて地に落ちた。

この話にまつわる場所に建てられたのが首塚であり、壊そうとすると呪いが降りかかるなどと噂《うわさ》され、人々に恐れられていた。

しかし、この会社――日用品を扱うメーカーの上層部は、話を信じはしなかった。迷信だと鼻で笑い、土地を手に入れると、すぐさま首塚を壊して新社屋を建てたのだった。

異変が起きたのはそれからしばらく経《た》ってから、人員整理を行うためにリストラを敢行《かんこう》した日にまでさかのぼる。

「残念ながら、きみはクビだ」

社の管理職の人間が、該当する社員たちに言い渡した、そのときだった。

社員の胴から下が突然ポンッと消え去って、あろうことか首から上だけの姿になって宙を漂《ただよ》いはじめたのだ。

首はそのままどこかに飛んで消えていったが、同様の現象は社内の至るところで発生し、光景を目撃した者たちは腰を抜かした。何度も目をこすったり、中には泡を吹いて失神する者もいた。

いまのはいったい何だったのか。首だけになって飛んでいったぞ――。

しかし、さらなる騒動が起こったのは翌日だった。

前の日にクビになって飛んでいった首たちが、一斉に社に押し寄せたのだ。

「おれたちをこんな姿にしやがって！」

「こうなったのは会社のせいだ！」

「責任をとれ！　元に戻せ！」

首たちは社内を飛び回り、大声で口々に罵《ののし》った。

ここに至って、社員たちは内心でうすうす思っていたことを口にした。

「なんだか、将門の首みたいじゃないか……」

「首塚を壊したから、こんなことになったんだ……」

「そうだ、これは将門の呪いに違いない……」

彼らはひとつの結論を得る。

うちの会社を〝クビ〟になったら、どうやら〝首〟になるらしい――。

それを悟った社員たちは、同時にびくびくしはじめた。

いつ自分もクビだと言われ、首になってしまうか分からない。

将門の呪いは恐ろしい――。

しかし、いま最も恐れるべきは不明瞭な未来のことより、目の前でわめきながら飛行する首たちだった。

首たちは夕方になると帰っていって、朝になるとまたやってきて大声で叫んだ。

「こんな姿じゃ、次の仕事も見つけられない！」

「みんな怖がって逃げていく！」

「妻も娘も泣き叫んで石を投げつけてくる！」

首たちの主張ももっともだったが、誰にもどうすることができなかった。かと言って、無視してしまうにはあまりにうるさく、業務に支障が出てしまう。

そこで社の上層部は、侵入してきた首たちを捕らえるように社員たちに指示を出した。そうしてどこかに閉じこめておき、首をおとなしくさせようと考えたのだ。

かくして首の捕獲作戦が実行に移されたわけだったが、一週間が経っても二週間が経っても、一向に成果は出なかった。首たちは巧みに網を避けたり、運よく捕まえられても網を食いちぎったりして逃げるのだ。

「おれたちが呪われた責任は会社にある！」

「賠償金を支払え！」

「生活の補償をしろ！」

そんなことを叫びつつ、首たちは縦横無尽に朝からオフィスの中を飛び回る。

昼になると、彼らは社員食堂に現れるのが常だった。そして誰かのランチに狙《ねら》いをつけ、まるでトンビのように素早く近づき口でくわえて奪っていくのだ。

胃もないのに食べたものがどう消化されているのか、どうエネルギーに変えられているのか、そもそも消化されているのか……そのあたりの仕組みはまったくもって不明だった。首の断面も皮膚できれいにふさがっていて、下に落ちていっている様子もなかった。

いずれにしても、首たちは食べものを奪うと社員たちの手が届かない上空まで飛んでいき、器用にもぐもぐと頬張《ほおば》った。社員たちはランチを死守せねばならないためにゆっくり味わう余裕もなく、フラストレーションはますますたまった。

首たちをなんとかしてくれ――。

社員たちは社の上層部に連日のように掛け合った。が、よい解決策は浮かんでこない。

もう無理だ、耐えられない――。

全員が音《ね》を上げかけたときだった。

ひとりの社員が、役員会議である提案を行った。

「首たちに仕事を用意してはどうでしょうか」

役員のひとりがそれに応じた。

「どういうことだね？」

社員は答える。

「妙な姿になったこともあるでしょうが、彼らが騒いでいる一番の原因は新たな働き口がないことです。それを社が用意するんです」

「そうは言っても、首にできることなどあるのかね？　せいぜい大声で騒ぐくらいだ」

「私に考えがあります」

「ほう」

「荷物の配送業を新たに立ち上げるんですよ」

社員はつづけた。

「いま、世間では荷物をドローンで運ぼうとする動きがありますが、あれを首にやらせるんです。ドローンの場合はまだ技術的な課題や法律の問題が残っていますし、人々のテクノロジーに対する不安を取り除くのにも時間がかかることでしょう。ですが、首ならばその点をクリアできます。どんなところへも自在に飛んでいけることは、すでに我々がよく知っています。首が空を飛ぶことを規制する法律もありません。首ならば、口頭で指示が出せて意思疎通も容易です。残された問題は一般の人たちが怖がるだろうということですが、我々がそうであったように、最初はびっくりしても、きっとすぐに慣れるだろうと思います」

「首は重いものでも運べるのかね？」

「嫌がらせで何度か社員のカバンを持ち去っています。改めて検証する必要はありますが、それなりの重さのものでも、きっと運べることでしょう」

役員たちはしばらくの間、静かになった。

やがて、ひとりが口を開いた。

「やってみたまえ。きみがプロジェクトリーダーだ」

「ありがとうございます」

一礼すると、社員はすぐさまその場を去った。

準備ができると、彼はさっそく首たちに向けて社内放送で呼びかけた。

「首のみなさん、聞いてください」

なんだなんだと首たちは騒ぐのをいったんやめて、その声に耳を傾けた。

「みなさんには、社から配送業の仕事を用意させていただくことになりました。もし興味を持っていただけるようでしたら、いまから会議室にお越しください。説明会を開きたいと思います」

首たちは集まってくれるだろうか――。

そんな懸念は、彼が会議室に入った途端に払拭《ふっしょく》された。首たちは、早くも並んだテーブルにぎゅうぎゅうになって待っていたのだ。

その場で彼は、役員に語ったのと同じ話を首たちにした。

「……ということは、再雇用してくれるということですか？」

首のひとりから質問されて、社員は答えた。

「そういうことになりますね」

「なるほど、悪い話ではないようですね……」

すると、別の首が声を荒《あら》げた。

「だったら、なぜクビにしたんだ！　それなら最初からクビにしなければよかったじゃないか！　悪いのはそっちなんだ！　私は生涯にわたる生活補償を要求する！」

しかし、社員は冷静だった。

「えー、あなたは資料によると、クビになる前の勤務態度があまり褒《ほ》められたものではなかったようですね。クビはやむを得なかったというのが社の見解です」

「こっちが悪いというのかぁっ！」

「会社も会社で事情があったということです。ですから、お互いが歩み寄るのはどうかというご提案をしているんです」

「私は乗らせてもらいます！」

別の首が声を上げた。

「いずれにしても、家族を養わなくちゃいけませんから」

それを機に、首たちは次々に「ぼくも」「私も」と賛同の意を表明した。

社員は言った。

「ありがとうございます。それでは、賛同いただけなかった方はお帰りください。その代わり、社はこれ以上のことを行う予定はありませんので、申し訳ありませんが、賛同いただけない場合はご自身で次の仕事を見つけてください。そして、もう会社には来ないでください。来ても無駄です。仕事の邪魔をする首の方は、再雇用させていただく首のみなさんに追い払ってもらいますので」

社員の言葉に、憤慨していた首は口をつぐんだ。そして瞬時のうちにどちらが得かを計算し、結局、社の提案に乗ることを選んだのだった。

こうして、その日を境に配送業の立ち上げがはじまった。

が、もともとの社業は日用品の製造販売であるために、その方面については全員が門外漢だった。そこで社は外部からアドバイザーを招集して助言をしてもらいつつ、急ピッチで準備を進めた。

その間に、首たちの存在と新規事業の周知のために積極的に広報活動も行った。

ＣＭ動画やネット記事を作成し、公開したのだ。

それを見た世間の人々は肝《きも》をつぶした。

何しろ生首が空を飛び、荷物を運ぶというのである。

トリックやＣＧではないと分かった人々は、最初、恐怖に身をすくめた。パニックに陥《おちい》る人や、子供がトラウマになるからＣＭを自粛しろという声も殺到した。おまえのところの商品はもう買わないと、不買を宣言する人もいた。

そんな悪い流れを変えたのは、首たちを映した一本の映像だった。

その中で、首たちは荷物の入った袋の取っ手を口でくわえ、それを必死で運ぶ訓練を行っていた。より重いものを運ぶために、くわえたダンベルを上げ下げして顎《あご》を鍛える様子も映されていた。

これを見た人々は、心を打たれた。

首たちは呪いによって、やむなく首だけの姿になったという。その不遇の彼らが、汗水垂らして社会の役に立とうとしているのだ。

がんばれ、首。

負けるな、首。

いつしか世間は、応援の声が多数を占めるようになっていた。

そんな追い風が吹く中で、自社製品を届けるための首たちによる配送業はスタートされた。

「さあ、みなさん、よろしくお願いします！」

初日の朝、リーダーの社員が声を掛けると、首たちは倉庫から一斉に飛び立っていった。

どうかうまくいってくれ——。

その願いは天に通じることになる。

首たちは荷物を運ぶ仕事をまっとうした。

いや、それ以上に素晴らしい働きをしたのである。

ある首は、配送先で倒れた人を発見し、周囲に大声で知らせることで人の命を救ってみせた。

ある首は、遭遇《そうぐう》した泥棒を空から追跡。逮捕に大きく貢献し、警察から表彰された。

猛禽類《もうきんるい》に襲われたときも、首は傷だらけになりながらも果敢《かかん》に挑んで見事に荷物を守り通した。雨の日も首はフードをかぶって仕事に徹し、その姿は感動の渦を巻き起こした。

人々の声によって、町の至るところには止まり木が設置され、首たちは休憩で立ち寄るようになった。そしてそこへ労《ねぎら》いにきた町の人々と交流が生まれ、首を中心にしたちょっとしたコミュニティができ上がった。自治体は、町の活性化につながったと首たちに深く感謝した。

そのうち仕事の依頼は他社からも舞いこむようになり、首は自社製品だけでなく、社を介して他社製品の配送も担うようになっていった。それにつれて、給料もどんどん上がっていった。

「なんだか、首たちは活き活き仕事をしてるよなぁ」

あるとき、社員のひとりが同僚にこぼした。

「おれもあんなふうに働きたいよ。しかも中には、おれたちより高給取りのやつもいるんだって？」

彼はつづける。

「うらやましいなぁ、おれも首になりたいなぁ……」

彼の中で、首への憧《あこが》れはどんどん膨《ふく》らむ。そして、ついには自分も首になるべく行動に出た。自ら辞表を提出したのだ。

しかし、彼の願いは叶《かな》わなかった。

首になるには、社からクビを宣告される必要がある。つまり、自主退職ではダメなのだ。

この凡ミスで、彼は単なる辞め損になってしまった。

だが、そんな残念な彼のほかにも、首に憧れる社員はひそかに増えつづけていた。

そのうち、クビにしてくれと社に掛け合う者まで出はじめた。しかし、何もしていないのに社員をクビにすることなどできやしない。

社がその旨を伝えると、当人たちはふてくされた。そして、仕事をサボりだした。その勤務態度が容認できないほど悪化してきたある日のこと、見兼ねた役員はひとりにこう通告した。

「おまえはクビだ！」

すると、彼の身体《からだ》はポンッと消えて、首へと変わった。首は歓喜し、空中で宙がえりをしたりしながら何度も感謝の意を述べた。役員は顔をしかめたが、最終的に彼は首として社に再雇用してもらえることと相成《あいな》った。

このことが知れると、首になりたい社員たちは率先して仕事をサボるようになった。むろん、クビを宣告してもらうためである。

社はすっかり困り果てた。希望者全員を首に変えると、従来の業務が回らなくなる。かと言って、サボるのを看過していては、それこそ仕事が回らない。

悩んだ末に、社はクビについての試験制度を導入することを決定した。

受験資格は勤続年数が十年以上。書類審査や面接を経て合格すれば、晴れてクビが言い渡されて首になれるというものだ。

これにより、首になりたい者たちも、まずは目下の仕事に専念しなければならなくなった。怠惰にしていると書類審査で落とされて、クビにしてもらえないのだ。

一方で、配送業が拡大していくにつれ、首の数が足りなくなってきていたのも事実だった。そこで社は、新卒採用と中途採用で「首採用」なる枠を新設した。この枠で採用されると入社直後にクビが告げられ首へと変わり、配送業務に従事することになるのである。

首のことはすでに世間に広く知られていたこともあり、首採用での入社希望者はかなりの数にのぼった。入社済みの若手はうらやましがり、退社して首採用での再入社に挑む者も現れた。が、それを認めだすと切りがないので、そういう者はあえなく不採用となった。

もうひとつ、首の人員を補充するための策として、定年間近の人々に対しても声掛けが行われた。

そのまま定年を迎えるか、定年のない首になって雇用されつづけるか——。

前者の場合は退職金をもらえる代わりに、その後の金銭的な保証は何もない。後者の場合はクビであるため満額の退職金が出ない代わりに、首の仕事で給料をもらいつづけられる。

この提案には多くの者が乗っかって、たくさんの年配の首が輩出されることとなった。

首による事業は拡大の一途をたどっていった。

そんな中、別の問題も発生した。

他社が好条件でひそかに首を引き抜いて、独自に配送業を立ち上げたのだ。文字通りのヘッドハンティングというわけで、これに社は激怒した。

「誰のおかげで今があると思っているんだ！」

首が他社に行かぬよう、社は首に対して退社後に他社で仕事をしてはならないという契約を結ぼうとした。

が、ここで関係省庁から指導が入った。

社がやろうとしていることは職業選択の自由にかかわり、かつ、首市場の独占にも当たるために違法だという。

「そんな！　だったら自分たちで首を生みだせばいいじゃないですか！　首を提供しているのは我々なんですよ⁉」

しかし主張は認められず、社は泣く泣く言われたことに従わざるを得なかった。

そうなると、首たちはどんどん他社へと流出していく。それを防止するために、社は雇用条件の見直しを迫られる。首の待遇は、無論よくなる。

活躍の場が広がるにつれ、首たちは配送業にとどまらず、新たな仕事も獲得した。

そのひとつが、首レースのレーサーだ。

首たちは様々な障害物が設置されたコースを縫《ぬ》うように飛び、ほかの首と競いながらゴールまでの速さを争う。それが首レースである。

観客はそのスピードに圧倒されて、手に汗握る。首たちはヘルメットも着用せず、互いにぶつかってたんこぶを作ったり、耳に噛《か》みついたり髪を引っ張り合ったりしながら壮絶な死闘を繰り広げる。

その様子を会場で観戦するもよし。頭部カメラからの緊迫感ある映像を、首目線で観るもよし。首レースは格闘技の要素が盛りこまれたレースとして人気を博し、レースの賞金もうなぎのぼりに上がっていった。

首たちの生みだす夜空のイルミネーションも好評だった。頭に電灯をつけた首たちが空にのぼり、隊列を組んで光の模様を描きだすのだ。

「あの光のひとつが、お父さんよ」

妻が言うと、娘が目を輝かせる。

「お父さん、すごい！」

「首になったときは本当に怖かったけど……」

妻はしみじみ振り返る。彼女たちは、夫が首化したときに石を投げつけた者たちだった。

「あなた、がんばってぇーっ！」

妻のエールに答えるように、上空でライトが点滅する――。

ところで、首発祥の地であるあの会社は、大きな転機を迎えていた。

配送業による利益が、従来の事業の利益をついに抜き去ったのだ。

それに伴い、首たちは次々と出世を果たし、多くの首が管理職に名を連ねるようになっていた。社内では稼ぎ頭の首が幅を利かせるようになり、首が顎で人間の社員を使うような場面も散見された。

やがて社の上層部にも首が混じるようになり、首が社長になる日もそう遠くはないとささやかれるほどになった。全社的に首を優遇するような雰囲気が蔓延《まんえん》し、事実そういう施策も行われ、首の志望者数はとどまるところを知らずに増えつづけた。

しかし、そんな中、社はあることに頭を悩ませていた。

数があまりに多くなったせいだろう、首たちの中に仕事をサボる者が目立つようになってきたのだ。

あるときひとりの管理職が、部下の首を呼びだした。配送がずさんだとクレームが入ったためであったのだが、説教をしてもその首はまったく反省の色を見せなかった。

その態度を見て、彼はカッとなって思わず言った。

「もういい！　おまえはクビだ！」

すると首は薄ら笑いを浮かべて答えた。

「ええ、ぼくは首ですよ」

「そうじゃない！　やめさせるという意味だ！」

「分かりました。では、さようなら」

首はあっさり辞めていき、条件のいい他社へと転職した。

そう、首をクビにしたところで、他社に行くだけなのだ。

こうなると、クビにしづらい空気が社内に満ちる。すると、それをいいことにサボる首が増えていく。何もせずにデスクで寝ているだけの首まで出はじめる。

こいつらは調子に乗りやがって。でも、どうすれば——。

あるとき、管理職の人間は半ば自暴自棄《じぼうじき》になってこんなことを口走った。

「もうおまえは首じゃない！　人間だ！」

彼は叫んだ。

「ヒトだ、ヒト！　ヒトヒトヒトヒト！」

そのときだった。

目の前にいた首に異変が起こった。

ポンッと音がしたかと思ったその直後、首の下に、消失していたはずの胴体以下のすべてが現れたのだ。すなわち、首が元の人の姿に戻ったのである。

「これは……」

彼はたちまち理解した。

この会社では人にクビだと言うことで、首へと姿を変えさせられる。が、首にヒトだと宣告すれば、逆に彼らは人の姿に戻るのだ――。

話はすぐに広まって、サボっていた首たちに社は容赦《ようしゃ》なく言い渡した。

「おまえはヒトだ！　おまえもヒトだ！」

ポン、ポン、ポポンッ。

通告された首たちは、あっという間に人の姿へと戻っていく。

そして彼らは告げられる。

「これできみたちは、ただの人だ。サボる首にも用はないが、サボる人間にはあいにくもっと用がない」

ここで再びクビだと言えば、彼らはまた首の姿に戻るだろう。そうさせぬよう、社は彼らに自主退社を促した。

こうして元・首たちは、悄然《しょうぜん》と肩を落として会社を去った。

以来、首たちの勤務態度は大きく変わった。ヒトにされてはたまらぬと、まじめに働くようになったのだ。

しかし、増え過ぎた首を整理するため、社は近々リストラを敢行するともっぱらの噂だ。

いま、首たちはびくびくしている。

いつ社から「ヒト」を宣告されてしまうか——。

そして彼らは、ささやき合う。

首を人の姿に変えるだなんて、将門の呪いはなんて恐ろしいのだ、と。

Episode 9

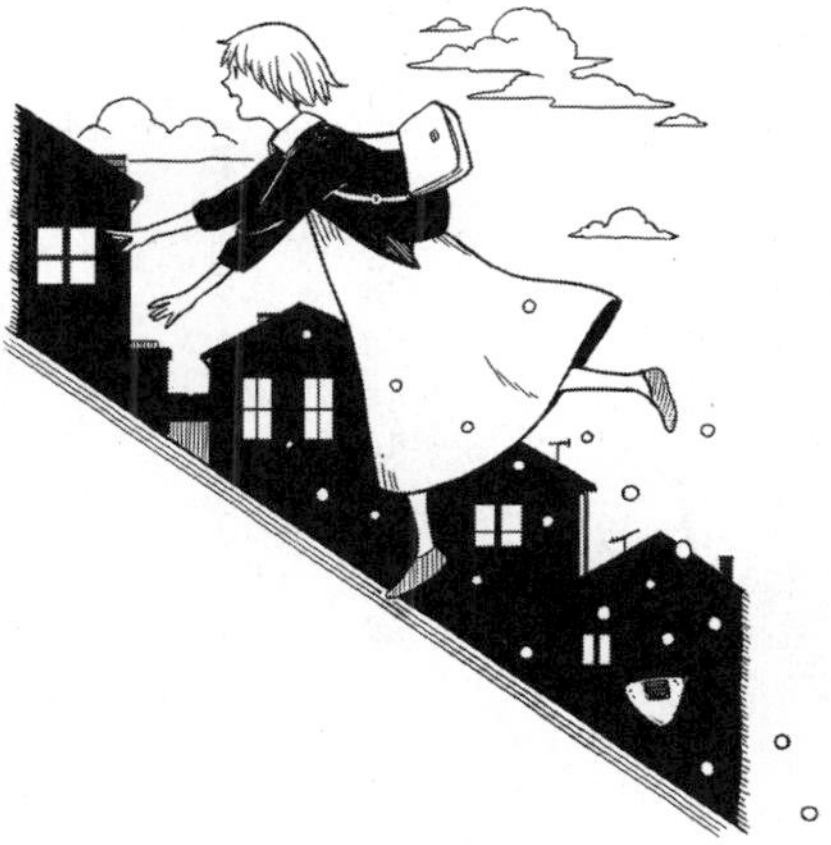

水玉ころりん

（おむすびころりん）

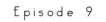

アヤから彼氏ができたと聞かされて、私は耳を疑った。

出会いがない。

アヤとはよく、職場でそんな愚痴《ぐち》をこぼし合うような仲だった。

お互い、夏までには彼氏をつくりたいね。

日頃からそう言い合っていたのだが、肝心の夏になってもアヤも私も出会いさえもままならない状態だった。

それなのに、急に彼氏ができただなんて……。

まさか抜け駆《が》けして合コンにでも行ったのだろうか。

そんなことを勘繰《かんぐ》りながらも、事情を聞かねばと私はアヤをお茶に誘った。

いったいどういう出会いだったのか。

身を乗りだして問いただすと、アヤは言った。

「それが、ベタって言うか、突飛《とっぴ》って言うか……」

妙な言い方をするアヤに、私はもどかしい思いになる。

「真逆じゃん。どっちなの？」

「どっちもって言うか……」

「なにそれ、意味分かんない。もしかして、ごまかそうとしてる？」

そうじゃないのだと、アヤは言った。

「ちょっと待って、順番に話すからっ」

ひと呼吸おくと、アヤは話しはじめた。


きっかけは、ちょっと前にお店で見かけたワンピースでさ。

目にした途端に一目惚《ぼ》れして。

真っ白い生地に、ピンポン玉くらいの青い水玉模様がいっぱいプリントされてるものでね。すごくかわいかったから、迷わず買うことに決めたんだ。

次の休みに、さっそくそれを着てお出かけして。

って言っても、そのときはまだ彼氏なんていなかったから、誰に新しい服を見せるでもなかったんだけどね。でも、素敵な服を着てると気分はすごくいいもんじゃない？　暑さだってやわらいだような気になって、弾んだ気持ちで外出したの。

不思議なことが起こったのは、ひとりで映画に行ってお買い物して、その帰り道のことでさ。

家の近くの坂道をのぼってたとき、うっかりつまずいて転びそうになって。

なんとか踏みとどまって、危なかったーって思った瞬間だったの。

うしろで「わ!」って声が聞こえて。

転びそうなとこを見られたーって恥ずかしくなったんだけど、一瞬のうちに、なんか変だなとも思ってね。人が転びそうになったくらいで、そんなに大声を出すかなって。

それで私は振り返ったわけ。

そしたらだよ。

丸くて青いものがたくさん坂を転がってってるのが目に入って。で、坂の下のほうで若い男の人がそれを拾おうと必死になって動き回ってたの。

最初は、目の前で起きてることの意味がよく分からなかった。何が転がってるんだろうって。でも、その青いものに見覚えがあることに気がついて。

そうなの、それ、私が着てたワンピースの水玉模様にそっくりだったの。

慌てて自分の服に目をやってみて、びっくりだった。あったはずの水玉が明らかに少なくなっててさ、白いところが目立つようになってたの。

やっと私は理解して。

自分の服から水玉が落ちて、坂を転がっていったんだって。

それですぐ、しゃがみこんでる男の人のところまで走っていったわけなんだけど、その人を見たら、またびっくりで。

どうも、キャッチした水玉がそのまま服にくっついちゃったみたいでさ。

その人が着てた白いワイシャツが青い水玉でいっぱいになってたの。

でも、そのことに触れる前に、彼はこう言ってくれて。

「大丈夫でしたか？　脚をひねったりしませんでした？」

大丈夫だって伝えると、彼は笑って。

「驚きましたよ。転ぶぞって思ったら、急に青いものがたくさん転がってきたんですから。でも、安心してください。ぜんぶキャッチできたはずです。こう見えて、フットワークは軽いんですよ」

どうもまだ気づいてないみたいだったから、ワイシャツのことを伝えてさ。

そしたら彼は、目を丸くして。

「えっ！　なんでシャツが水玉模様に!?　っていうか、さっき捕まえた青いやつは!?」

私は自分のワンピースに起こったらしいことを話したの。

それを聞くと、彼は苦笑いして。

「そんなことがあるんですねぇ……じゃあ、このシャツの水玉は、あなたの服の模様だったものなんですね……」

もちろん、すぐに謝ったよ。でも、クリーニング代を渡して済むとも思えなくて、どうしたらいいのか弱っちゃって。

そのとき彼が、こう言ったの。

「たぶんですけど、この水玉模様は転びそうになったときの衝撃で落ちたんですよね？　だったら、強く揺すればシャツからも落ちるんじゃないでしょうか。ちょっと試してみましょうよ」

彼は立って、少しシャツを揺すったの。

でも、変化はなくて、今度はもっと強く揺すって。

それでもうまく落ちなくて、彼が大きくジャンプしたときだったの。

水玉がシャツからぽろぽろぽろぽろって落ちてきて、そのまま坂を転がりだして。

「ちょっとちょっと！」

彼と私は慌ててその水玉を追いかけて……。

っていう感じでさ。

一緒にそんなおかしな体験をしたものだから、そのまま彼と仲良くなって。連絡先を交換して、すぐに意気投合して付き合うようになったたっていうわけなんだ。

アヤは言った。

「あ、水玉はちゃんと捕まえられて、そのあと私のワンピースに戻ってきたよ。あんまり揺らさないようにしながらだけど、いまでもお気に入りの一着としてよく着てるんだ。何しろ、出会いをもたらしてくれた幸運の水玉つきの服だからさ」

私はひとり呟《つぶや》いた。

「たしかにベタっちゃベタだけど、そうじゃないっちゃ、そうじゃないね……」

坂道で、紙袋に入ったリンゴを盛大にこぼす。

何かで見たそんなシーンが頭の中に浮かんでいた。

それと同時に、私の中ではこんな思いも湧《わ》いてきていた。

なんでアヤにだけ運命的な出会いがあるの!?

私だって出会いたい！

考えだすと、祝福する気持ちより、悔しい気持ちが膨《ふく》らんだ。

そのとき、私は簡単なことに気がついた。

自分もアヤと同じことをすればいいんじゃないか、と。

私は尋ねる。

「ねぇ、そのワンピースってどこで買ったの？」

アヤから情報を引きだすと、すぐに計画をめぐらせはじめた。


次の休日、私は教えてもらった店に行った。

「あの、水玉のワンピースを探してるんですけど」

店員さんに尋ねると、さっそく案内してくれた。

その場所には、青い水玉模様のワンピースが並んでいた。が、置かれていたのは一種類だけではなく、水玉の大きさが違うものがいくつかあった。

——たしかアヤの水玉は、ピンポン玉くらいだって言ってたな。

私はひとつの服に目を留める。

——ということは、これがアヤのワンピースと同じものか。

しかし、私はその一着ではなく、隣にあった別のものが気になっていた。

それは、ビー玉くらいの小さな水玉がたくさんプリントされたワンピースだった。

私はこう考えた。

どうせ転がすのなら、数が多いほうがいいんじゃないか？　そのほうが人目を引くし、何より、たくさんの人が拾ってくれれば、それだけ出会いが増えるじゃん！

「これください！」

勢いこんで、私は言った。

「包まなくて大丈夫です！　いまから着て帰るので！」


ワンピースに身を包んだ私は、その足で電車を乗り継ぎ、ある場所に向かった。

たどりついたのは、海のそばにある駅だ。

そこから歩いてすぐの坂道に、私は目星をつけていた。

「ふんふんふん」

坂の一番上に立つと、私はひとり口にした。

「イメージ通り、いい感じじゃーんっ！」

海に面したその坂道は、近くのビーチに向かう海水浴客の通り道になっている。そこで水玉を転がして、海好きのイケてるメンズをゲットしよう――。

それが私の作戦だった。

じっと待機していると、やがてチャンスが訪れた。

若いメンズ集団が電車から降りてきて、坂道を下りだしたのだ。

私は素知らぬ顔でやり過ごし、ここぞというタイミングを見計らった。

そして、彼らが坂の半ばまで下りたとき、満を持して作戦を決行した。布団をはたくようにして、着ているワンピースをバシバシとはたいたのだ。

直後、期待通り、たくさんの水玉がじゃらじゃらじゃらじゃらっと服からこぼれた。それは地面に落ちると、勢いよく坂道を転がりはじめる。

いまだと思い、私は叫んだ。

「きゃあっ！」

声に反応してメンズたちが振り返る。

「すみませんっ！　それ、拾ってくださーいっ！」

私はなおも服をたたき、全身の水玉を余すことなく投下した。

大量の水玉が坂道を転がり、メンズたちへと向かっていく。

さあ、拾って！

彼らが予期せぬ行動をとったのは、そう思ったときだった。「わっ！」と驚きの声をあげつつ、迫りくる道いっぱいの水玉の波を避《よ》けだしたのだ。

メンズたちは右に左に水玉をかわした。中には勢い余って互いにぶつかってしまったり、水玉を踏んづけて転倒する人もいた。

そうこうしている間にも水玉は坂道を転がっていき、やがて突き当たりのガードレールの向こう側――海のほうへと消えていった。

私は呆然《ぼうぜん》と立ち尽くした。

なんで誰も拾わないの⁉

聞いてた話と違うじゃない！

そのとき、鋭い視線に気がついた。

体勢を立て直したメンズたちが、一斉にこちらをにらんできていたのだった。明らかに敵対する雰囲気に、私は気圧《けお》されて後ずさった。

「ご、ごめんなさいっ！」

そして、水玉の抜けた真っ白なワンピースをひるがえし、私はその場から逃げるように立ち去ったのだった。

さらなる悲報に見舞われたのは、その日の夕方だ。

ふてくされてソファーで寝転がっていたときだった。

テレビから、アナウンサーのこんな声が聞こえてきたのだ。

「海水浴客が身体《からだ》に異変を訴えているとのニュースが入ってきています」

なんとなく目をやると、映っていたのは昼間に訪れた海だった。

愕然《がくぜん》としたのは、つづいて流れてきた映像を見た瞬間だ。

そこには水着姿の若い男の人が映っていて、叫ぶように訴えていた。

「海から上がったらこんなになってたんっすよ！」

アナウンサーの声がする。

「この他にも同様の症状を訴える人が出てきており、何らかの病原菌の可能性もあるとして、現在、原因の解明に乗りだすとともに海水浴客に注意を呼び掛けています」

私の脳裏に、海のほうへと消えていった水玉の光景がよみがえる。

きっとあれが海を漂《ただよ》い、ビーチに流れついたのだ。

大ごとになってしまったと、全身から血の気が引いていく。

「こんなの、恋がはじまるどころじゃないじゃない……」

テレビに映った男の人の身体には、私の青い水玉模様が斑点みたいにびっしり貼《は》りついていた。

Episode 10

お札《ふだ》の力

（三枚のお札）

家電メーカーに入社したおれが配属されたのは、お客様対応を担当する部署だった。

その配属初日、上司である課長は言った。

「いいか、会社というのはお客様あってのものだ。そしてそのお客様と密に接するうちの部署は、会社の要《かなめ》であると言える。そのことを肝《きも》に銘じておくように」

課長はつづけた。

「さて、それで具体的な仕事のことだが、当分のあいだ、キミには雑務のほかにコールセンターの責任者を担ってもらうことにする」

それを聞き、おれは少し不安になった。

「あの……」

「なんだ？」

「弱音を吐くわけではないんですが……」

「言ってみなさい」

「ぼくみたいな新人が、いきなり責任者なんて大丈夫でしょうか……」

「責任者といっても、することはだいたい決まっているから安心してくれて構わない。いずれにしても、まずはさっそく現場に出るぞ」

おれは課長に連れられて、エレベーターで別のフロアに上がっていった。

「ここがコールセンターだ」

通されたのはデスクの並んだ教室ほどの広さの部屋で、中に入ると女性の声が飛び交っていた。

しかし、おれは目の前の光景に混乱していた。そこには何十台もの電話機があるばかりで、人が誰もいなかったのだ。

「えっと、みなさん、休憩中とかなんですか……？」

それにしても、電話対応の声だけ聞こえてくるのはどういうことだ……？

すると、課長は笑いながら「そうじゃないんだ」と口にした。

「電話機をよく見るといい」

「電話機……？」

言われておれは気がついた。置かれている電話機には、すべて何かの紙が貼《は》られていたのだ。それは紙幣くらいの大きさで、筆で怪しげな文字が書かれていた。

「これは……？」

「お札《ふだ》だ」

「お札？」

「まあ、説明するより自分で聞いてみたほうが早いだろう。どれでもいいから、適当に耳を傾けてみなさい」

そう言われ、おれは手近な電話機に近づいた。

と、ちょうどそれが、ぷるるっと鳴った。

その次の瞬間だった。

誰も受話器を取ってないのに、女性の声が聞こえてきた。

「はい、こちらコールセンターです」

自動音声だろうかと思っていると、電話の向こうのお客様の声も聞こえてきた。その主は、どうやらテレビの電源が入らなくなったと訴えているようだった。

再び女性の声がした。

「お客様、失礼ですが、リモコンの電池は確認されましたでしょうか？」

電話の主は、取り替えましたと返事をする。

「では、テレビとリモコンの間に、何か遮《さえぎ》るものはございませんか？」

その途端、あっ、という声がして、相手の言葉が聞こえてきた。電話の主はテレビの前に物を置いていたようで、それをどかすと電源が入るようになったと口にした。

「さようでございますか。ご確認いただき、ありがとうございました。他に何かお困りのことはございませんか？」

声は丁寧に対応した。そして少しやり取りがあったあと、電話は切られたのだった。

おれの頭はすっかりこんがらがっていた。

いまの女性の声はなんだったんだ？

自動音声にしては、あまりに会話がスムーズ過ぎた。となると、別の場所から遠隔で人が応答していたのだろうか。しかし、そんなことをどうしてわざわざ……。

おれはたまらず課長に尋ねた。

「あの、いまのは誰かが遠隔で話してたんですか……？」

「はは、そうじゃあない。これはな、お札がやってくれていることなんだ」

「お札って、この貼ってあるお札がということですか……？」

課長は頷《うなず》き、こうつづけた。

「これは特別なお札でな。困ったときに助けてくれる力があるんだよ。我々はその力を利用して、お札に電話対応をお願いしているというわけだ。見ての通り、貼っておくだけで大抵《たいてい》のことはお札が受け答えしてくれるようになっているんだ。まあ、さすがに専門的なことになると答えられはしないんだが、そのときは担当部署に回してくれるようになっている。いずれにしても、人を雇うよりは低コストで済むからな。うちの会社はこのお札に助けられているわけだ」

「ははあ、そんな便利なものが……」

唸《うな》っていると、課長が言った。

「さて、そういうわけで、キミには今日からこのお札の管理維持を担ってもらう。お札は使ううちに、だんだん傷《いた》んで劣化していくんだ。それを早期に発見して、新しいものに貼り替えていくのがキミの仕事だ」

「承知しましたっ！」

その日から、おれは他の雑務をこなしながら、朝昼夕とお札をチェックして回るのが日課になった。

お札の劣化は、目で分かる場合と耳で分かる場合の二つがあった。

前者は破れかけていたり、シミが浮かんできていたりして、それを逃さず見つけることがキモだった。一方で、見た目には問題がなさそうなお札でも、よく聞いてみると発する言葉が微妙におかしくなっているようなものもあった。それが後者で、敬語の使い方が変だったり、どもっていたり、言葉の印象に邪険なものが含まれていたり。そういうお札を見つけると、おれはすぐに新しいものに貼り替えた。

部屋には、常にお札たちの声が飛び交っていた。自分しかいない空間に大勢の声がこだまするのはなんとも妙なものだったが、仕事をするうちに徐々に慣れた。

「……こちらの操作はお試しになられましたでしょうか？」

「……大変失礼ですが、コードはきちんと差しこまれておりますか？」

「……申し訳ございません。すぐに新しいものとお取り替えさせていただきます」

電話の向こうの人たちは、相手がお札だとも気づかずに、いたって普通に会話をしていた。

それを見ながら、おれは思う。コストのこともさることながら、コミュニケーションの面においても、下手《へた》に人間がやるよりもお札のほうがよさそうだなぁと。

もちろん、プロのオペレーターはすごい手腕を持っているに違いない。人間にしか分からない機微のようなものもあるはずだ。

しかし、少なくともマニュアルで済ませられる程度のことならば、人間よりもお札にやらせておいたほうが確実だろうと思われた。何しろお札は、下手なプライドや自尊心を持ち合わせない。相手がイラついていようが、感じが悪かろうが、常に冷静に対応することができるのだから——。

おれが様子のおかしなお札を見つけたのは、ある日のことだった。

いつものように見回りをしていると、電話機に貼られたお札のひとつがガタガタと小刻みに震えていたのだ。

不具合かな？

そう思いながらやり取りする声にそっと耳を傾けてみると、電話の向こうから強い口調でこんな言葉が聞こえてきた。

「さっきも言ったけどね、私は昔からずっとお宅の炊飯器を使ってるの。だから今度もお宅のものに換えたのに、なんでこんな思いをしなくちゃいけないのよ」

「ご不便をおかけして、誠に申し訳ございません」

お札の口調はいつも通り丁寧だった。

が、相手は感情をあらわにして口にした。

「だーかーらー、そういう定型文はやめてちょうだいって、さっきから何度も言ってるでしょ？」

クレーマーだ、と、瞬間的におれは思った。

お札は再び謝るも、相手はさらに言葉を重ねた。

「だいたいね、炊《た》いたときの硬さからして全然違うじゃないのよ。いい？　うちは良質なお米を使ってるわけ。まあ、あなたみたいな庶民には違いが分からないかもしれないけどね。その同じお米を前と同じように炊いてるのに、新しい炊飯器だとびちゃっとした感じになるのよ。何なの？　これ」

「誠に申し訳……」

「それだけじゃないわ」

たたみかけるように女性は言う。お札の震えはますます強まる。

「炊き上がったときのお知らせ音も変わったでしょ？　なぁに？　あの安っぽい音は。もっと高級な感じにしてくれないと、食欲がそがれるじゃない」

「申し訳……」

「ボタンの位置も、なんで変えたの？　あれじゃ、押し間違うでしょ。そういうの、ヒューマンエラーっていうのよ。ご存知？」

どうしたらいいかと、おれは焦った。

お札の震えは、明らかにダメージを受けていることを示していた。が、素人《しろうと》のおれが電話に出てみたところで、できることなど何もない。かといって、いまお札を別のものに貼り替えると、会話が不自然に途切れてしまって相手をますます怒らせかねない。

お札を二重に貼ってみるか？

いや、それだと電話口で二人が同時にしゃべりはじめるようなもので、余計に話がこんがらがる……。

そうこうしている間《あいだ》にも、女性はますますヒートアップする。

「それからね、画面の文字も問題よ。前より表示が小さいじゃない。私ね、最近、老眼が入ってきて小さいものが見えづらいの。そういう人、他にも多いんじゃないかしら。ねぇ、これって、年寄りは米を食べるなってこと？　ねぇ、どうなの？　ほら、何とか言いなさいよっ！」

「貴重なご意見として、今後の参考に……」

「もう！　もっと血の通った会話はできないわけ⁉」

そのときだった。

女性が「あっ！」と声を上げた。

それを聞き、お札は心配そうに女性に尋ねた。

「お客様、どうかなさいましたか？」

すると、女性は勝ち誇ったような口調で言った。

「さてはあなた、お札ね？」

一瞬の沈黙のあと、お札は答えた。

「いったい何のことでございましょう……」

「ごまかさないで！」

「ごまかしてなど……」

「いいえ、お札よ！」

女性は叫んだ。

「私、分かっちゃったんだからっ！　あなた絶対、お札だわっ！」

次の瞬間のことだった。

おれの目の前でパンッと派手な音がした。それと同時にお札がビリビリに破けて弾け、紙片が四方に飛散した。

驚きで絶句していると、電話の向こうから声が聞こえた。

「ねぇ、ちょっと聞いてるの!?　図星を指されたら無視ってわけ!?　責任者を出しなさいよ！」

さすがにこれは自分が電話を取るべきか？

迷っていると、女性は言った。

「こんなにバカにされたのは初めてだわ！　いいわ、もう分かった！　会社の場所は分かってるんだからね!?　いまからそっちに行くから、責任者は首を洗って待ってなさいっ！」

ツー、ツー、ツー。

一方的に電話は切れて、その音だけが虚《むな》しく響いた。

大変だ、と、おれは慌てた。

クレーマーが会社に来る！

一刻も早く課長に報告するべきだった。が、あいにく課長は重要な会議に出ている時間で、そこに乗りこんでいくのはためらわれた。

どうしたらいいのか……。

そのときハッと閃《ひらめ》いて、おれは懐《ふところ》に手をやった。

これだ！　自分には予備のお札があるじゃないか！

たしか課長はこう言っていた。お札には困ったときに助けてくれる力がある、と。

いまが、その困ったときだ。お札の力を存分に借りて、クレーマーを撃退しよう！

おれは懐からお札を取りだす。

手持ちは二枚。

それをぎゅっと握りしめ、会社のエントランスへと向かっていった。

クレーマーがやってきたのは、エントランスで息を潜《ひそ》めて小一時間ほどが経《た》った頃だ。

その女性が電話の人物であることは、すぐに分かった。声に加えて、受付の人にまくしたてている内容からも明らかだった。

「私は責任者に用があるの！　早く責任者を出しなさいっ！」

もしかするとお札を使うまでもなく、受付がうまく追い返してくれるだろうか。

そんな淡い期待はすぐに吹き飛ぶ。

次の瞬間、おろおろしていた受付が、物陰に潜むおれの姿を偶然とらえた。そして、希望を見出《みいだ》したように瞳を光らせ、女性に教えてしまったのだ。

「あ、あちらの者が担当者でございますぅっ！」

「おまえかぁっ！」

女性はおれを見つけると、鬼の形相で迫ってきた。

おれは、ひぃっ、とエレベーターホールに駆《か》けこんだ。

これはもう、使うしかない！

おれは近づいてくる女性に向かって、お札を投げつけ声を上げた。

「お札よ、助けてくれっ！」

その刹那《せつな》のことだった。

ごぉっという音がして、目の前の空間からいきなり大量の水があふれてきた。そしてそれは奔流《ほんりゅう》となり、一直線に女性のほうへと向かっていった。

瞬く間に流れに呑《の》みこまれた女性を見て、おれは呆然《ぼうぜん》となってしまった。

これはちょっとやり過ぎでは……⁉

しかし、そう思っていたのも束の間だった。

その流れの中に、仁王立ちしている女性の姿を見出したのだ。そして女性は次々やってくる水をものともせずに、そのままこちらに進みはじめた。

「だいたいね！　あんたはね！　こっちは会社まで来てんのよ！　お茶ぐらい出しなさいよ！　どこ行くのよ！　こら！　おまえ！　逃げるなぁぁぁっ！」

目を剝《む》いて眺《なが》めていると、薄《うっす》ら状況が理解できた。女性の前には、どうやら空気の盾ができているらしかった。それは圧倒的なしゃべりによるもので、その空気の盾が引き裂いて、水の流れは女性を避けるように二手に分かれていたのだった。

呆気《あっけ》に取られているうちに水は尽き、女性は言った。

「こらぁっ、待てぇぇぇっ！」

「ひぃぃぃっ！」

おれはやってきたエレベーターに乗りこんで、閉のボタンを連打した。扉が閉まって上昇し、自分の部署のフロアに到着する。

ひとまず態勢を立て直そう。

そう思った矢先のことだ。

「どこに逃げたぁっ！」

そんな大きな声の直後、おれは物凄《ものすご》いスピードで階段を駆け上がってきた女性に発見された。

「見つけたぞぉぉぉ！」

おれは本能で感じていた。

こ、殺される――。

「お札よ、助けてぇっ!!」

そう言って、女性に向かって最後のお札を投げつけた。

次の瞬間、わぁっと熱気が押し寄せて、おれは思わず目をつぶり、反射的に床に伏せた。

恐る恐る目を開けると、廊下の全面に巨大な炎が立ちこめているのが見て取れた。

「ウソだろう……」

おれは狼狽《ろうばい》してしまう。

「あ、あの、大丈夫ですかぁっ!?」

自分で招いた事態とはいえ、これは大変なことになったと蒼白《そうはく》になった。

消火器だ！　早く消火器を！

そのときだった。

炎の中に人影が浮かび上がった。

「待ぁぁてぇぇぇっ！」

あの女性だった。炎よりもさらに激しい熱量を身にまとい、女性が迫ってきたのだった。

そ、そんな……。

もう手元にお札はない。あとは取って食われるだけだ――。

おれはその場に崩れ落ちそうになった。

それをとどまらせたのは、最後の頼みの綱が頭をよぎったからだ。

おれは同じフロアにある会議室まで急いで走り、扉を開いて中に入った。

「失礼します！」

なんだなんだと場がざわめいたが、おれは構わずひとりの元――課長のところに駆け寄った。

「おいおい、そんなに慌ててどうしたんだ」

「大変です！　クレーマーが！」

おれは手短に事情を話した。

「どうしましょう⁉　やつはもうそこまで‼」

しかし、課長はじつに落ち着いたものだった。

「状況は分かった。よし、ここは私が対処しよう」

「でも、相手は水も火も効かない鬼婆ですよ⁉」

「大丈夫、私に任せて。キミはここに隠れていなさい」

「でも！」

「いいから」

そのとき、会議室の扉がバンッと開いた。

「責任者はどこだぁぁあっ！」

鬼婆は言う。

「責任者を出せぇぇえっ！」

おれが身を縮めて机の陰に隠れていると、課長の声が聞こえてきた。

「これはこれは、ようこそいらっしゃいました」

「うぅん？　誰だぁ？　おまえはぁ」

「私はお客様対応係の総責任者です。つまり、あなたが追ってきた者の上司です」

「上司ぃ？　そうか、それなら話が早いぞぉ。あいつの代わりに、お前を食ってやろうじゃないかぁっ！」

「まあまあ、そうおっしゃらずに。まずは落ち着いてお話ししましょう。さあ、どうぞあちらへ。お客様はお茶とコーヒー、どちらがお好みですか？」

扉が閉まる音がして、それを最後に二人の声は聞こえなくなった。どうやら課長は鬼婆を説得し、ひとまず会議室から連れだすことに成功したらしかった。

おれは一瞬安堵《あんど》しかけて、いかんいかんと周囲の偉い人たちに訴えた。

「あの！　放っておいたら課長の命が！」

しかし、なぜだかみんな、それほど動じた様子はなかった。

「彼も言っていただろう？　落ち着きなさい。あとはうまくやってくれるから」

「いいんですか……？」

「いいんだ。キミは安心してここにいなさい」

そうまで言われたら、おれも静かにせざるを得なかった。

だが、そわそわする気持ちは抑えられない。

そして、時間だけが経過して不安な気持ちが最高潮に達しかけたときだった。

廊下から、大きな笑い声が聞こえてきた。

「おほほ、あなたのところは本当に素敵な会社ねぇ！」

思わず耳を疑った。それは鬼婆の声らしかったが、さっきとは打って変わって、じつに楽しげな口調だった。

おれは扉に走り寄り、その隙間《すきま》から廊下を覗《のぞ》いた。そこには談笑している課長と鬼婆の姿があった。

課長は言った。

「では、またこちらからご連絡を差し上げますので、その折はどうぞよろしくお願いします」

「うれしいわぁ。それじゃ、お待ちしてるわね」

「おっと、下までお送りしますよ」

「あらぁ、いいのにぃ」

そんなやり取りをしつつ、二人はエレベーターへと消えていった。

しばらくして戻ってきた課長に、おれは身を乗りだしてすぐに尋ねた。

「課長、おケガは!?　というより、鬼婆は!?」

「こら、お客様のことをいつまでも鬼婆なんて言うんじゃない」

たしなめられて謝りつつも、おれは言った。

「ですが、あの女性はあんなに笑顔になって帰っていかれて……いったい何があったんですか……？」

　課長は言った。

「うちの会社に対する愛情に、感謝の気持ちをお伝えしたんだ」

「愛情……」

「ああ、そもそも根本に愛がなければ、こんなことにはならないからな。まあ、今回はそれがずいぶん歪《ゆが》んだ形で出てしまったわけではあるが。それから、彼女には今後、いろんな形で力を貸してほしいとお願いした。近々、また来社してもらうことになるだろう」

　おれはまったく腑《ふ》に落ちず、重ねて尋ねる。

「あの、力を貸してもらうというのは……」

「今回のことで、あの女性はお札の力を破るほどの秀《ひい》でた力をお持ちのことが分かったからな。些細《ささい》な違和感に気づける洞察力。水流を切り拓《ひら》く突破力。火をものともしない強い熱量。これらは仕事を行っていく上で欠かすことのできない力だ。その使い方さえ間違えなければ、彼女は相当な戦力になる」

「はあ……」

　すぐには呑みこむことができなかった。

　が、そういうものかぁと、無理やり自分を納得させた。

課長はつづけた。

「適切に対応することさえできたなら、クレーマーは最大の味方にもなりうるんだという良い例だ。こういったケースをうまく処理して自社の力に変えていくのも、うちの部署の醍醐《だいご》味《み》といえる。実際、うちの会社はクレーマーあがりの社員も多くてな」

おれは思わず口にする。

「えっ？　それじゃあ、過去にもああいう人が⁉」

課長はニヤリと笑みを浮かべた。

「ああ、かくいう私も元々は……」

Episode 11

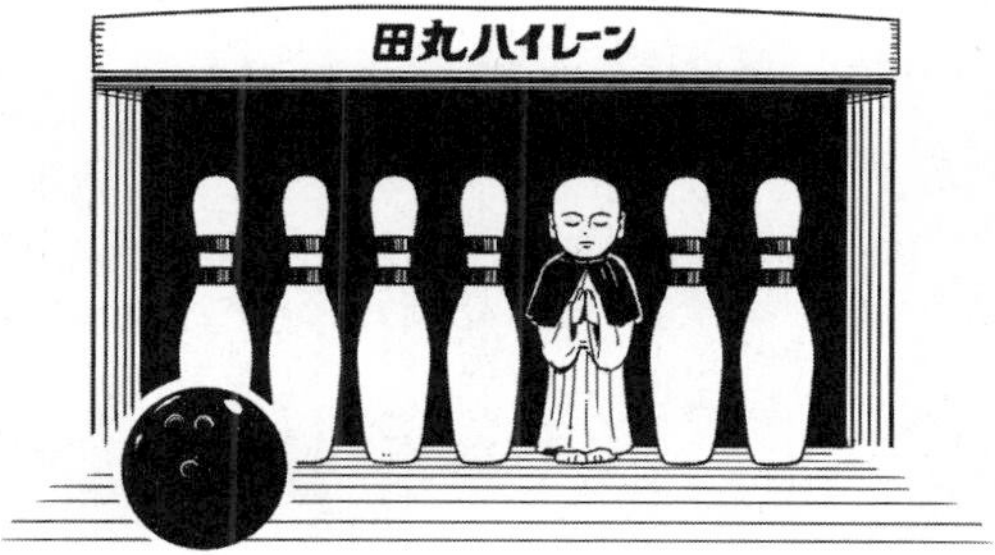

ピン
（笠《かさ》地蔵）

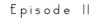

「なぁ、ボウリング行こうぜ」

街をぶらぶらしていると、友人のひとりが口にした。

「いいな、行こう行こう」

みんな口々に賛成し、ボウリング場に向かいはじめる。

それを見て、おれはためらいながらも切りだした。

「ごめん、おれ、用事思いだしたわ……」

「ええっ？」

「マジ？」

「抜けんのかよー」

そのとき、ひとりがポツリと言った。

「てかさ、おまえ、ボウリングのとき、いっつもいなくね？」

「そういえば」

「もしかして、ボウリングできないとか？」

おれはドキッとしつつも否定する。

「ち、ちげーよっ！」

「だったら何でだよ。行こーぜ」

「どーせ、用事なんてねーんだろ？」

「あっ、でも、ボウリングができないんじゃなぁー」

友人たちはアハハと笑う。

おれは思わず強がった。

「ボウリングくらいできるわ！　行くよ、行けばいいんだろ!?」

友人たちは顔を見合わせ、ニヤニヤした。

「そーこなくっちゃ」

そのボウリングでは、さんざんな結果が待っていた。

おれのボールは投げども投げどもガターのほうに行くばかりで、ピン一本すら倒すことができなかったのだ。

内心では、消え入りたいような気持ちだった。

だから来るのはイヤだったんだ――。

昔から、おれはボウリングが大の苦手で、いいスコアが出たことなど一度もなかった。そしてこの日は周囲の目も気になって、いつにも増して身体《からだ》がガチガチになっていた。

友人たちも、最初は笑い転げているだけだった。

が、おれがあまりにも下手《へた》なので、途中からは逆に真面目《まじめ》な顔になり、ボールの投げ方を教えてくれたりした。

それでも一度もピンを倒せず、あっという間に一ゲームが終わってしまった。

「ドンマイドンマイ、こういう日もあるって……」

うつむくおれに、友人たちは言い合った。

「そうだよ、気にすんなって……なぁ？」

「だ、だな……」

気を遣《つか》われているのは明らかで、余計に恥ずかしい気持ちになった。

「まあ、ちょっとずつ練習してけばいいんじゃね!?」

励ましの言葉に力なく頷《うなず》き、おれはひとり、早々にボウリング場をあとにした。


その日の夜。

家でネットサーフィンをしていると、チャイムが鳴った。

こんな時間に誰だろう……。

安アパートにはインターフォンなどついてなく、おれはいそいそと玄関に向かった。

と、ドアを開けた瞬間だった。

目の前の光景に、おれは思わず固まった。それというのも、ドアの前に立っていたのが坊主頭のイカつい男たちだったからだ。

「夜分に失礼いたします」

先頭に立っていた男が、低い声で口にした。

「な、なんですか……？」

うろたえていると、男は言った。

「このたびは、ありがとうございました」

そして彼らは、いきなり一斉に頭を下げた。

おれは呆気《あっけ》にとられ、ビビりながらも何とか言った。

「あの、これはいったい……」

「昼間の件の、お礼です」

「お礼……？」

その瞬間、頭の中に「お礼参り」という言葉がよぎった。この男たちは危険な部類の人々で、何らかの報復にやってきたということか……？

ぞっとして立ち尽くしていると、男が言った。

「申し遅れました。私どもは、あのときのピンです」

「は？」

「重ね重ね、私どもなどにご配慮いただき、誠にありがとうございました」

そう言って、男たちはまた深く頭を下げた。

まったく訳が分からなかったが、少なくとも、危害を加えられたりはしなさそうだった。

それで少し安心し、おれは男に尋ねてみた。

「あの、状況がいまいち読めないんですが、その、ピンというのは……」

「ボウリングのピンでございます」

男は、おれが昼間に訪れたボウリング場の名前を口にした。

「私どもは、あの店のピンなのです」

「本当に……？」

耳を疑いながらも、おれは改めて男たちを観察した。

落ち着いてみると、彼らの体型にはなんだか妙なところがあった。

がっしりとした胴体に、ひょろっと伸びた首と頭。手足こそあるものの、そのフォルムはまさしくボウリングのピンを彷彿《ほうふつ》とさせた。おまけに顔も色白で、首元にはピンをあしらった二重線をイメージさせる、赤い二連のネックレスが光っていた。

おれは次第に、彼らは本当にピンなのかもしれないぞと思いはじめた。こっそり人数を数えてみると十人で、その十人がピンのように三角の配置で並んでいたのも大きかった。

「ですが、あなたたちがピンだとしてですよ……？」

おれは言った。

「お礼というのは何のことでしょう……？」

すると、ピン男は声を上げた。

「なんと謙虚なお方なのでしょう！　昼間、あれほど頑《かたく》なにボールを当ててこられなかったというのにっ！」

男はつづけた。

「私どもは当てられてナンボの世界なので、当てていただいて結構なのです。痛みを感じることもなければ、ケガをすることなどもありませんから。しかし、私どものことを気遣ってくださったそのお心、とても胸にしみました」

おれはだんだん事情が呑《の》みこめてきた。

ピン男たちは、おれが単に下手でボールを当てられなかっただけであるのを、情けをかけたのだと勘違いしているようだ……。

誤解を解こうと、おれは「いや、あれは」と言いかけた。

しかし、逆に「いやいや」と遮《さえぎ》られた。

「みなまで言わせては野暮というものです」

そして、ピン男は力強くこう言って去っていった。

「このご恩は、必ずお返しいたします」


珍妙な訪問者のことは、おれの中で深く残った。

あれは何かの冗談だったのではないか。

そう思うことも、なくはなかった。

が、わざわざ誰があんなことをするだろう。やはり本物のピンだったのだ……。

そんなある日、おれは友人たちから、またボウリングに行こうと誘われた。

最初は、いろいろと理由をつけて断ろうと試みた。けれど、一緒に練習しようという友人の言葉と、あのピン男たちのことも頭によぎり、最終的に誘いに乗ることにした。

妙なことが起こったのは、そのボウリング場でのことだった。

友人が教えてくれたフォームで、おれが一投目を投げたときだ。ボールは斜めになりながらもレーンの中を進んでいって、一番端のピンをかすめてガターに落ちた。

「惜しいっ！」

そう友人たちが叫んだ、次の瞬間だった。一拍遅れて端のピンが倒れたかと思うと、ドミノ倒しのようにバタバタと全部のピンが倒れたのだ。

口から、えっ、と声が漏《も》れた。後ろを見ると、きょとんとしている友人たちと目が合った。

「これって、えっと……ストライクってこと？」

画面の中のスコア表に目をやると、ストライクを示す「⧓」のマークがしっかり出ていた。

「……っぽいな！」

そうと分かると、友人たちはハイタッチで迎えてくれた。

「……いやあ、やったなぁ！」

が、おれは素直に喜ぶことができなかった。まさかと思うような倒れ方で、まったく手応えがなかったからだ。

「まあ、今のは完全に奇跡だからな……次はつづかないだろ……」

しかし、その奇跡が二フレーム目にも起こってしまう。それも今度は、かなり手前でボールがガターに落ちてしまったにもかかわらず、ピンは再び端から順に全部倒れたのだった。

スコア表には「⧓」がついたが、おれはさすがに店員さんを呼びに行った。

事情を話すと、店員さんはすぐにスコアをリセットしてくれた。

だが、気を取り直して再投するも、またもやボールはガターに落ちた。そしてピンはボールが触れていないのに倒れていって、判定もストライクと下された。

これにはクレームを入れざるを得なかった。

店員さんはひたすら謝り、おれたちは隣のレーンに移ってゲームを再開することになった。が、何度やってもボールが当たろうが当たるまいが、ピンは勝手に倒れつづけた。

ここに至って、おれはまさかと思いはじめた。

これはもしや、あのピン男たちの恩返しとやらではなかろうか……？

物は試しと、友人に頼んでわざとボールを変な方向に投げてもらった。ボールはそのままガターに落ちたが、おれが投げたときとは異なって、ピンは一切倒れなかった。

こうして疑惑は、確信に変わる。

この妙な現象は、ピン男たちの仕業《しわざ》に違いない！


その日の夜、チャイムが鳴った。出るとあのピン男たちが立っていて、前回と同じ先頭の彼が口を開いた。

「いかがでしたか？　喜んでいただけましたか？」

おれはすかさず口にした。

「やっぱり、あなたたちだったんですね！　いかがでしたか、じゃないですよ！　困るじゃないですか！」

おれは言う。

「あんな不審な倒れ方をしたら、誰だって気味悪がりますよ！」

「どういうことでしょう」

「は？　ちゃんと見てましたぁ？　ぼくたち、途中で帰ったじゃないですかぁ？　みんな、これは呪《のろ》われでもしてるんじゃないかと言ってましたよぉ？　あんな状況でゲームをつづけられるわけがないでしょう！」

しかし、ピン男は冷静だった。

「そうだったのですね。てっきり、満足して帰られたのだと思っていました」

「すっげぇポジティブ」

「そういうことでしたら、今後はもう少し気をつけるようにいたします。では」

「あっ、ちょっと待ってくださいよ！　まだつづける気ですか⁉　あー、行っちゃったよ……」

おれはガクッと肩を落とした。

ピン男たちの宣言通り、次にボウリングに行ったときにも、彼らの恩返しとやらは継続した。さすがにガターに落ちてストライクになるようなことはなかったが、倒したピンが周りのピンを巻きこんだりし、明らかにラッキーな形で実力以上にピンが倒れた。

「はー、こないだも変な感じだったけど、今日は今日でツイてんなぁ……」

友人たちから言われても、乾いた笑いで流すしかない。

おれは何とかボールをピンの真ん中に当てねばと必死になった。真ん中あたりに当てさえすれば、ピン男たちが勝手に倒れてもある程度の形は保たれる。

「ストライクじゃん！　えっ、めっちゃうまくなってね？」

必要に迫られれば、人は上達が早くなる。

そのことを強く実感しつつ、おれはラッキーの輪郭をぼやかすために、ボールを投げることに集中した。

それからも、ボウリングに行くたびに幸運は訪れつづけた。

あまりに不自然なことは起こらなかった。が、両端のピンだけが残るような難しい状況になったとしても、片方にボールが触れさえすればピンは勢いよく跳ねていき、残りのピンをきれいに弾きだしたりした。

「またスプリット！　すげぇなぁ……」

ピン男たちはと言えば、ボウリングに行った夜には決まって我が家にやってきた。その会話は相変わらずズレた感じだったが、おれはだんだん彼らに親しみを覚えるようになっていた。それと同時に、なんだか申し訳ないような気持ちにもなってきた。

「あの、恩返しというのは、いつまでつづけるおつもりですか？　もう十分すぎるほどなんですが……」

「まだまだお返しし足りませんので、何とも」

「そうですか……まあ、とりあえず上がって、ゆっくりお茶でもいかがですか？」

「いえ、それには及びません。失礼いたします」

ピン男たちは三角の陣形を保ったまま、赤い二連のネックレスをきらめかせながら去っていくのだった。

そんな日々が一変したのは、友人たちとボウリングに行った、ある夜のことだった。

ボウリング場からの帰り道、おれは手元の携帯に夢中になって、つい注意が疎《おろそ》かになっていた。そして、よく確認もせずに道路を渡ろうとした瞬間、クラクションの大音量が耳に届いた。

あっ、と思ったときには手遅れだった。

車はもうすぐそこまで迫ってきていて、どうにも動きようがなくなっていた。

ああ、ぶつかる――。

そう本能で感じた、刹那《せつな》のことだった。

おれの視界に、急に人影が入ってきた。かと思った直後、ドン、という音がして、身体に強い衝撃が走っていた。

気がつくと、おれは歩道に吹き飛んでいた。

そのすぐ横を、急ブレーキを踏んだ車が過ぎていく。

騒ぎ声があたりに満ちても、しばらくは起き上がることができなかった。

「大丈夫ですか⁉」

駆け寄ってきた通行人に声を掛けられ、おれは身体の動きをたしかめた。

「なんとか大丈夫みたいです……それより、車にぶつかった人は……」

おれの目には、先ほどの光景がスローモーションで焼きついていた。

車とおれの間に飛びこんできた人――それはいつも家にやってきては会話をしてきた、あの先頭のピン男だった。その彼が、車に当たったのちにおれにぶつかり、歩道へと弾きだしてくれたのだ。

「あの人はどうなりましたか……？」

尋ねると、通行人は口にした。

「それが、すぐに立ち上がってどこかに消えてしまったようで……」

別の人が横から言った。

「ケガはないかと聞いたんですが、無傷なのでお構いなくと言うだけで……あれだけ派手に飛ばされたのに、本当に何ともなかったようでして……」

その人は、いかにも不可解そうな顔をした。

おれは、いつかのピン男の言葉を思いだした。

自分たちは当てられてナンボの世界であって、痛みを感じることもなければ、ケガをすることなどもない――。

おれは彼に救われたのだ。

そのことが、遅れてはっきり分かりだす。

まるでボウリングのようにして――。


その日以来、ピン男たちが家に来ることはなくなった。いつものボウリング場に行ってみても、もう勝手にピンが倒れたりもしなかった。

ピン男たちは、あの事故でケガを負ってしまったのではなかろうか。それでボウリング場にも我が家にも来られないでいるのでは……。

そう考えて、心配になることもなくはなかった。

が、目撃者の証言もあり、おれはピン男たちは無事であろうと直感していた。きっと彼らはおれへの恩返しに区切りがついて、ピンとしての本来の務めに戻ったのだ。

そして、おれはこう推察してもいた。ピン男たちの性格を踏まえると、彼らはすでに別のボウリング場に移っているに違いない。こちらが変に気を遣い、恩返しに来たりしないよう――。

そうはいくか、と、おれは思う。

必ずや命の恩人を探しだし、手厚くお礼をしなければ。

おれは今、暇を見つけては様々なボウリング場に足を運ぶ日々を送っている。

どうすれば、あまたあるピンの中から、あのピン男たちを特定できるか。

その方法には、すでに目処《めど》がついている。

鍵《かぎ》となるのは、手元に残った二連の赤いネックレスだ。

それは、あの事故現場に落ちていたものだった。ピン男たちがいつも首から下げていたものに違いなく、車に飛ばされた拍子に落としたのであろうと思われた。

おれはそれを手に持って、ボウリング場をひたすら回る。
赤い二重線が抜け落ちた、真っ白なピンを探しだすべく。

Episode 12

百中《ひゃくちゅう》の射手《しゃしゅ》
（那須《なすの》与《よ》一《いち》　扇の的）

高校生になると、私は弓道部に入部した。

何か新しいことをはじめてみたい。弓を引くだけの弓道だったら、楽しそうだし自分にも簡単にできそうだ。

そう思ってのことだった。

しかし、入部してみると、その考えがいかに甘かったかを痛感した。

そもそも、入部してすぐの一年生は弓を握ることはできなかった。雑用に加えて、先輩たちが的を射抜いたときの掛け声の練習。その合間で筋トレをして、さらに空いた時間でようやくゴムでできたゴム弓を引く基礎練習をさせてもらえる。

初心者でも弓を扱えそうだなどと、よくもまあ不遜《ふそん》なことを思ったものだと我ながらとても恥ずかしくなった。

部活は上下関係も厳しかった。中学までは同じ部活の先輩は友達みたいなものだった。が、先輩への言葉遣《づか》いも徹底的に注意され、いつも緊張を感じながら練習に臨んだ。

けれど、その緊張感に多少なりとも慣れはじめた頃、先輩たちの中には単に厳しいのとは少し違う人がいることが分かってきた。

それが、二年生の平《たいら》さんだ。

平さんは二年生ながら部のエースで、その実力は県で一、二を争うと言われるような人だった。素人目《しろうとめ》にも弓を扱う所作からしてオーラがあって、矢をつがえて弓を構えたときの佇《たたず》まいも凛《りん》としていて美しかった。

そうして放たれた矢は一直線に風を切って飛んでいき、的の中心をバシッと射抜《いぬ》く。自ずと拍手をあげたくなるほど見事な腕前なのだった。

加えて、平さんはその美貌でも有名だった。きりっと細い目に、高い鼻。男女合同で練習することが多いうちの部において、男子部員からはよくこんな声が聞こえてきた。

「おれも平さんに射抜かれたいわぁ……」

当の私も平さんの技や立ち姿に惚《ほ》れ惚れして、同じような気持ちを抱いていた。

少なくとも、最初のうちは。

平さんの厳しさが他の先輩とは違うぞと思いはじめたのは、自分たちに向けられる言葉からだった。

「一年、集合」

あるとき、平さんは私たちを呼び出し、口にした。

「ねぇ、あんた」

部員のひとりを指差して、平さんは言葉を継いだ。

「なんか、やる気ないっぽいね」

「そんなことは……」

「言い訳しない！　そういう人は帰ってくれる？　私のモチベーションにもかかわんの。ってかさ、他の子らも」

平さんは集まった一年たちを見渡した。

「とろとろしてんじゃないってーの。私の足を引っ張んないでくれるかな？　レベルが低い子は、いつでもやめてくれて構わないんだからね？」

それだけ言うと、平さんは立ち去った。

またあるときは、ゴム弓を引く一年生を指導しながら吐き捨てた。

「下手《へた》くそ。あんた、才能ないよ」

言われた子の目はみるみるうちに赤くなる。

「えっ？　なになに、泣いちゃうわけ？　泣けば上達するんですか？　うまくなるなら、お好きに泣けば？　あー、一年はホント使えないのばっかだわー」

とうとう泣きだしたその子を置いて、平さんは自分の練習に戻っていく。

平さんがひどい言葉を掛けるとき、他の先輩たちはなんとも気まずそうな表情になっていることにも気がついた。よくないのは分かっている。が、絶対的エースの平さんには逆らえない。沈黙の中に、そういう気配が色濃くあった。

腕はたしかだ。たしかだけれど、プライドが異様に高くて、人を見下す嫌な女。

鈍感で能天気な男子たちは相変わらず平さんに夢中だったが、いつしか一年女子たちの平さん評は固まっていた。

私がひとりの女の子と出会ったのは、そんなある日のことだった。弓道の道具を買いに弓具店に行ったとき、見覚えのある子と出くわしたのだ。

「あれ？　一組の那須野《なすの》さん……だよね？」

彼女はポカンとしていたが、私が名乗ると誰だか分かってくれたようだった。

「こんなところで何やってるの？」

そう尋ねると、那須野さんは口にした。

「えっと、ちょっと……」

と、私は彼女の手に矢が握られているのに気がついた。

「もしかして、那須野さん、弓道やってるの？」

「えっと、まあ……」

「でも、うちの部には入ってないよね？」

素朴な疑問をぶつけると、彼女は言った。

「……ごめん、私、用事があって！　それじゃあねっ！」

そうして足早に去っていってしまったのだった。

何だったんだろう……。

そう思っていたときだ。ふと、床に学生証が落ちているのが目に入った。拾ってみると、それは那須野さんのものだった。

家まで届けてあげようか——。

そのときそんなことを考えたのは、たまたま部活が休みだったこともあった。が、それ以上に、那須野さんの何かを隠しているような様子に興味を引かれたことも大きかった。

私は学生証に書かれていた住所をマップで調べ、そこに向けて自転車を走らせた。

たどりついたのは山のふもとの大きな屋敷で、私は度肝《どぎも》を抜かれてしまった。

チャイムを押すと、お母さんらしき人の声が聞こえてきた。

「あの、那須野さんの同級生の者なんですけど……」

お母さんは、娘はちょうど裏山に行っていると教えてくれた。

「渡したいものがあるんですが……」

そう言うと、お母さんはチャイム越しに口にした。

「もしお時間があるようでしたら、どうぞ山のほうに行ってみてやってください。お友達が来てくれたこと、あの子もきっと喜ぶと思いますから」

お母さんは裏山への道順を教えてくれ、私はその通りに進んでいった。すると、屋敷の裏手に扉があって、樹々に囲まれた未舗装の山道がはじまっていた。

私がそこをのぼっていくと、やがて開けた場所に出た。

そのときだった。

私の視界に、弓を構えている那須野さんの姿が入ってきた。

こんなところで、なんで弓を……？

那須野さんが矢を放ったのは、その次の瞬間だった。それは凄《すご》い速さで風を切り、ズバンッと遠くの木に突き刺さった。かと思った直後、彼女は素早い動作で腰の矢筒から新たな矢を取りだして、またもや構えて別の方角へすぐに放った。矢はちょうど上から落ちてきた木の葉を貫き、ズバンッと勢いよく木に刺さった。

もしかして、那須野さんは木の葉を狙《ねら》って射抜いてる……？

それが分かった瞬間に、鳥肌が立った。

次々と木の葉を射抜いていくのを呆然《ぼうぜん》と眺《なが》めていると、やがて那須野さんは弓を下ろしてこちらを向いた。

「結局、知られちゃったね」

「えっ、いつから私に気づいてたの⁉」

「最初から。それくらいは気配で分かるよ」

言葉に窮《きゅう》していると、那須野さんは笑ってつづけた。

「ここにいるって、お母さんが教えたんでしょ？　もー、説明が面倒だからあんまり人には知られるなって、お父さんにも言われてるのに」

私はたまらず口にした。

「ねぇ、那須野さんって何者なの⁉　これって普通の弓道……じゃないよね⁉」

「そうだね。どっちかっていうと、弓術って言ったほうが近いかな」

「弓術……」

「そ。競技じゃなくて、昔の人がやってたみたいに実用を重んじるっていうやつだね。うちの家は、その昔からの流れを汲《く》んでる流派のひとつでさ。特別な許可が与えられてて、どこでも矢を放っていいようになってるんだ。って言っても、注目されすぎて真似《まね》する人が出ると危ないから、普段はなるべく人目を忍んでるわけなんだけど。ここ、うちの山でさ。仕事がないときは、腕が鈍らないようにここで練習してるんだー」

私の中で、今しがた見た光景がよみがえる。

舞い落ちる木の葉を矢で射抜く——。

今のも練習のうちなのかと、私は尋ねた。

「そうだけど、これくらいはウォーミングアップみたいなものだよ」

「あれで!?」

「そ。なんなら、せっかくだし、ちょっと練習見てく？」

興味津々《きょうみしんしん》で頷《うなず》くと、那須野さんはついて来て、と私に言った。

と、山の中を歩いているときだった。

突然、那須野さんが立ち止まって弓を構えた。

なんだなんだと思っていると、彼女は矢を前方に放った。それは凄い勢いで虚空《こくう》を飛んで、すぐに見えなくなってしまった。

「なになに、急にどうしたの……？」

那須野さんは平然と言った。

「いや、スズメ蜂がいたからさ、毒針だけ撃ち落としといたの」

「ええっ!?」

私は思わず声を上げる。

そもそも私には蜂の姿さえも確認できていなかったのに、その蜂の毒針を矢で射抜いたなどとは俄《にわ》かには信じがたい話だった。が、彼女はどうやら本気のようで、冗談を言っているようには見えなかった。

私の反応の意味を勘違いしたらしく、那須野さんは口にした。

「大丈夫だよ。また出くわしても私が撃退してあげるから」

しばらく歩くと、目の前に小川が現れた。

その川の水面《みなも》に向けて、那須野さんは弓を構えた。

「ちょっと見てて」

そう言って、彼女が力を解放した瞬間だった。矢は猛スピードで川に入っていったかと思ったら、水面から飛びだしてきて川岸の木にズバンッと刺さった。矢の先端では身体《からだ》を貫かれた魚がビチビチと動き回っていた。

私は目を丸くしながら、その光景をただ見つめた。

那須野さんは二射目、三射目と矢を放ち、次々と魚を射止めていった。

「夕食のおかず、ゲットだよー」

那須野さんは笑顔でこちらを振り向いた。

「ねぇ、このあとって時間ある？　今日はこれで切り上げちゃうからさ、うちでごはん食べてかない？」

まだ夢見心地だったけれど、その言葉に甘えることにした。

夕食の席で、私は焼き魚をつつきながら彼女に尋ねた。

「ねぇ、あれって、どうやってるの？」

「なにが？」

「ほら、ビュウッて飛んで、ズバンッと刺さって！」

「なにその言い方」

那須野さんは笑いながら言葉を継ぐ。

「あれは弓と矢に気をこめててねー」

「気？　使ってる道具は普通のものなの？」

「そうだよ」

私はなおも彼女に尋ねる。

「そういえば、今日のは練習だったんだよね？　仕事っていうのは何やってるの？」

「いろんなものを射る仕事だよ」

那須野さんはニッコリ笑った。

「こんど見せてあげよっか？」

「えっ、いいの？」

「うん、こうやって友達になったことだしっ」

なんだかむずがゆい気持ちになりながらも、私も自然と笑顔になった。

部活は相変わらず厳しくて、休みも少なく、那須野さんの仕事というのを見に行く機会はすぐにはめぐって来なかった。

でも、あの日以来、私は那須野さんと急接近した。昼休みによく一緒にお弁当を食べるようになり、すぐに下の名前で呼び合うような仲になった。

学校にいるときは何となく弓の話題にはならなくて、他愛もない世間話で盛り上がった。こんなに話が合う子がいるのなら、もっと早くに出会いたかった。そう思いつつ、不思議な縁に感謝した。

弓道の練習をしていると、那須野さん——美羽《みう》の技を思いだし、奮《ふる》い立つような気持ちになった。

美羽の弓と自分の弓は、真剣を扱う剣術と竹刀《しない》を扱う剣道くらい、まったく違うものだろう。けれど、同じ弓を扱う道には変わりなく、根っこのところは似たものがあるんじゃないかと感じていた。

いつか自分も上達して、美羽に一目置いてもらえるようになりたいな——。

「ねぇ、あんた聞いてんの？」

「えっ？」

声に驚き、私は素引《すび》きをしていた弓を下ろした。

「えっ、じゃないよ。人がわざわざ指導してあげようってのに、なに無視してくれてんの？」

集中していて気づかなかったが、そこにはいつの間にか平さんが立っていた。

「勘弁してよ。こっちは先輩に頼まれて仕方なく教えに来たんだからさー」

「す、すみません！」

平さんは、わざとらしく舌打ちをした。

「あーあ、ホント時間の無駄。才能がない子に教えたって意味ないのに」

黙っていると、平さんは口にした。

「なに？　文句でもあんの？」

「……いえ」

「ま、下手は下手なりにがんばってー」

はい、と上辺《うわべ》だけの返事をして、私は練習を再開する。

ある日曜日。ついに私の休みと美羽の仕事の日が重なって、彼女の仕事に同行するチャンスがやってきた。

陽が沈んでから美羽に連れられたのは、町なかのビルの屋上だった。

「こんなところで何するの……？」

「まあ、いいから見てて」

そう言うと、美羽は矢をつがえて弓を構えた。

瞬間、風を裂いてビュウッと矢が飛びだして、あっという間に見えなくなる。

美羽は方角を変えて二の矢、三の矢とどんどん放ち、手持ちの矢がなくなるまでそれをつづけた。

「終わったよー」

お疲れさま、と言いながら、私は尋ねる。

「で、何やってたの？」

「思念を射落としてたの」

「思念……？」

そう、と美羽は頷いた。

「恨《うら》みとか、妬《ねた》みとか、そういう悪いものって塊《かたまり》になって宙を漂《ただよ》ってるものだからさ。

人に悪さをしないうちに、私たちが射落としてるわけ」

　これは古くからの射手《しゃしゅ》の役割なのだと、美羽は言った。

「昔は呪詛《じゅそ》の力で人を呪《のろ》ったりしてたでしょ？　そういうのがこっちに届いちゃう前に矢で射落として、あるじに危害が及ばないようにするのが射手の役目のひとつだったの。まあ、いつの時代も人間は変わらないよねー」

　矢は後《のち》ほど回収して、射落とした思念は寺で浄化するのだと美羽は言った。

　私は素朴な疑問をぶつけてみた。

「思念ってさ、見えるものなの……？」

「見えるって言うか、感じるって言うか」

　いずれにしても、と美羽は力強い口調でつづけた。

「望むままに何でも射止める。それが私たち射手の持つ力だからさっ！」

　胸を張る美羽を見て、かっこいいなと私は思った。

　部活では、そのうち私は巻藁《まきわら》を使って練習できるようになり、やがて曲がりなりにも的前に立たせてもらえるようにまでなった。

　平さんは一年生が射場《いば》で練習することに納得できず、三年生に異議を申し立てていた。

「一年の子たちには、まだ早いんじゃないですか？　エースの私の練習時間も減るんですが」

なだめる先輩には心底不服そうにして、一年生にはしょっちゅう嫌味を言ってきた。

「あんたたちが私の貴重な時間を奪ってること、ちゃんと自覚しといてよねー」

はい、ありがとうございます、と、みんなで返す。

そんなことがある一方で、部活の休みと重なれば、私は積極的に美羽の仕事に同行した。

美羽が射ていたのは思念だけではなかった。

あるときは、人通りが途絶えたところを見計らい、美羽は路上で矢を放った。それはビルの壁に突き刺さり、見ると、矢の先端には缶バッジほどの丸いデジタル画像らしきものが射られていた。

「何かのアイコン……？」

「そ。これはSNSのアカウントのだね」

美羽はこう教えてくれた。

WEBの情報というのは電波になって、あたりを飛び回っているらしい。その中で人を中傷しているアカウントや、悪事を働くウィルスなどを見つけると、こうして矢で射るのだという。

「このアカウントはどうなるの？」

「警察に持っていって、たぶん強制的に削除かな」

この手の仕事は、最近増えているのだと美羽は言った。

「私たちの仕事も、現代化が進んでるっていうわけだね」

またあるときは雨の日に美羽に誘われて、私たちは町外《まちはず》れの丘の上に立っていた。

あたりは夜のように真っ暗で、傘を差していても濡《ぬ》れるほどの大雨だった。

そんな中、美羽は傘も差さずに弓を構えつづけていた。

「ねぇ、いつまでそうやってるの？　風邪ひくよ……？」

しかし、美羽は微動だにしない。

ゴロゴロという雷鳴が近くで聞こえた。

「ほら、雷も鳴ってるし、危ないって……」

次の瞬間のことだった。

ピシィッという強烈な音が走った直後、天地を揺るがす大音響が鼓膜を激しく揺さぶった。

私は反射的に目を閉じた。そのほんの一瞬前、真っ白な閃光《せんこう》に浮かび上がる美羽の姿を目撃した。

落雷だ、それも近くで――。

雨の音が戻ってきて、私はおそるおそる目を開けた。

美羽は大丈夫かと不安になったが、その当人はこちらに向かってピースをして笑っていた。

「やったよー」

何のことかと問う前に、私はそれに気がつき目を見開いた。

雷は、どうやら丘の上の一本の木を直撃したようだった。が、驚くべきは、その裂けて煙を上げる木の横に広がっていた光景だった。真っ白に輝く大蛇のようなものが激しくのたうっていたのだ。

「なにあれ……」

呆然とする私に、美羽は言った。

「見ての通り、雷だよ。昔の人は龍って呼んでたものだけど」

「龍……」

「昔は射落としたやつを捕まえて、不老不死の薬とかを作ろうとしてたみたいだね。いまは雷の研究施設に提供して、研究に役立ててもらってるわけだけど。その人たちが、もうすぐ取りに来てくれると思うよ」

もがいている雷の先のほう——頭のようなところには、美羽の放った矢が刺さっていた。まぶたの裏に、閃光の中で弓を構える美羽の姿がいつまでも残った。

平さんから部活の前に呼び止められたのは、ある日のことだ。

「あんたさー、那須野って子とつるんでんだって？」

まさか平さんから美羽の名前が出てくるとは思ってもおらず、意表を突かれた。

「そうですけど、それが何か……」

「あの子、なんか弓道かじってるって噂《うわさ》じゃん」

どうして美羽のことを知っているのかと尋ねると、平さんは弓具店で見かけたのだと口にした。

「うちの制服じゃんって思って、なんで弓道部じゃない子がこんなとこにいるんだろうって覚えてたわけ。それで後から一年の子に聞いてみたら、那須野って子で、家が古い弓術？とかに関係してるらしいとかなんとか。なんなの、あの子」

私は言葉に詰《つ》まってしまった。

美羽の家のことを他の人も知ってたなんて。が、同じ地域なのだから、噂くらいは立たないほうがおかしいか――。

一瞬のうちにそんなことを考えていると、平さんが口を開いた。

「ねぇ、あの子、なんでうちの部に入んないわけ？　弓道やってるんでしょ？」

「それは……」

「まー、かっこつけて弓術なんて言っちゃってるくらいだから、変なこだわりとかありそうだけど。って言うか、なるほど、そういうことか」

平さんはひとり納得した様子でつづけた。

「時代遅れの古くさい弓術じゃあなんにもできやしないから、恥ずかしくて部活になんか入れないっていうことか。なるほどなるほど。そりゃあ、入部されてもこっちが困るなー。これ以上、下手な子が増えてもねー」

私は、勝手に去ろうとしていた平さんに思わず言った。

「……撤回してください」

平さんは足を止めて振り返った。

「ん？　なんか言った？」

「撤回してください……美羽はそんなんじゃありません」

「はあ？」

「おっしゃったことを撤回してください！」

私は悔しくてならなかった。親友を侮辱する言葉を見過ごすなんて、いくら先輩でも無理だった。

そのとき、平さんは急にニッコリ笑みを浮かべた。

「いいよ、撤回してあげる」

ただし、と、こう言った。

「あんたが私に勝ったらね」

「えっ？」

「いまから私と試合をすんの。射詰《いづめ》でさ」

「そんな！　無理ですよ！」

射詰とは、矢を順番に一射ずつ放っていって、最後まで的中させつづけた者が勝つというサドンデスのような方式だ。

まだ的に当てることさえ覚束《おぼつか》ないような自分が、初めての試合形式で、ましてやエースの平さんに勝てるわけがない——。

「どうする？　やめとく？」

私は黙ってうつむいた。

「やるわけないよね。あははっ、意地悪言ってごめんねー」

「やります」

私は平さんと目を合わせた。

「勝負します」

「……それ、本気で言ってる？」

平さんの声が低くなった。

近くにいた先輩や同級生たちがざわつきはじめる。

が、私は迷わず口にした。

「本気です。受けて立ちます」

「へぇ、度胸だけはあるんだね。やるだけ無駄だと思うけど。でもまあ、提案したのはこっちだから、特別にやってあげるよ。じゃ、すぐ準備して」

いくら平さんの意向でも、練習中に勝手に試合をはじめるなんて異例中の異例だった。でも、平さんの有無を言わせぬ態度に、みんなひるんで何も言えないようだった。

私は袴《はかま》に着替え、矢と弓を持って射場に入った。

「お先にどうぞ。私が当ててからだとプレッシャーになるでしょ？」

平さんは余裕たっぷりにそう言った。

ここに来て、緊張感が一気に押し寄せてきた。

絶対に負けられない――。

私は呼吸《いき》を整えて、自分の的の前へと進み出た。

矢をつがえると、弓を構えて弦《つる》を引く。

感覚が研ぎ澄《す》まされた、その瞬間。

一気に力を解放した。

バシッ！

私ははしゃぐことなく残心《ざんしん》を取り、後ろに下がる。

心臓がバクバク鳴っていた。

一射目は的に命中した！

「ふぅん」

平さんはそれだけ言うと、前に進み出て弓を構えた。

バシッ！

何でもないことのようにあっさりと放たれた矢は、まるで吸い寄せられるように真っすぐ飛んで的の真ん中に命中した。

そりゃそうだよな——。

私は平さんと入れ替わり、自分の的の前へと進み出る。

この二射目を外せば終わりだ。

私は尋常ではないプレッシャーにさらされていた。

弓を構えて、弦を引く。

あっ！

そう思ったときには遅かった。焦《あせ》りでタイミングを誤って放たれた矢は、ザスッと安土《あづち》のほうに突き刺さった。

なんとか平さんもミスをしてくれ――。

心の底から私は祈った。

が、平さんは難なく二射目を的中させた。

「はい、残念でしたー」

うなだれる私に、平さんの声が降ってきた。

「無謀な挑戦、お疲れさま。ってか、あんたさ、もう部活なんかやめちゃえば？　どうせ下手なんだからさ。その那須野って子と一緒に、古くさい弓術ってのをやってればいいんじゃないの？」

言い返す権利なんてなかった。

負けは負けだ。勝負を受けたのは自分なんだ。

だけど――。

悔しくて、涙が頬《ほお》を伝っていた。それは床にぽたぽた落ちた。

そのときだった。

「ちょっと待ってくれますか？」

聞き慣れた声が耳に届いた。

顔を上げると、袴姿の美羽がそこにいた。

ポカンとしていると、美羽が言った。

「事情は教えてもらったから。ちょうど教室にいてよかったよ。みんなが探しに来てくれてさ。道具も貸してもらったよ」

美羽が目配せした先には、一年生部員たちの姿があった。

私が何か言うより先に、美羽は再び口を開いた。

「あなたが平先輩、ですよね？」

「……そうだけど？」

「私と勝負してもらえませんか？」

「はあ？」

平さんは歪《ゆが》んだ笑みを浮かべた。

「なんであんたとやらないといけないわけ？　もう勝負はついたんだけど」

「逃げるんですか？」

平さんの顔が一瞬にしてこわばった。

「私に負けるのが怖いんでしょう？」

美羽は不敵な笑みを浮かべていた。

しばらくの間、嫌な沈黙がその場に流れた。

やがて、平さんが口を開いた。

「いいよ、分かった。やったげよーじゃん。そんなにバカにされたらねぇ。で、あんたが負けたらどうするつもり？」

「土下座でもなんでもやりますよ。先輩が負けたらどうします？」

「私が負ける？　はっ、ありえない。まあ、そのときはなんでもやったげるよ」

「試合方法は？」

「射詰で外したほうが負けってことで。じゃ、お先にどうぞ」

「分かりました」

美羽は頷き、準備をはじめた。

私は美羽に駆《か》け寄った。

「大丈夫……？」

美羽の腕前は、ここにいる誰よりも知っていた。でも、不安にならずにはいられなかった。

美羽は黙ったままで微笑《ほほえ》んで、前に進んだ。そして、弓を構えて弦を引いた。

次の瞬間、ビュゥッという鋭い音が射場に響いた。

ズバンッ！

物凄い音を立て、矢は的のど真ん中に命中した。

「へぇ……やるじゃん」

今度は平さんが進み出た。所作はじつに落ち着いていた。

バシッ！

同じく的のど真ん中に命中し、美羽が言った。

「さすがですね」

「どうもー」

平さんは余裕ありげに片手を振った。

その顔つきが一変したのは、美羽の次の一射を目にしてからだ。

矢はまたもやビュゥッと真ん中へと飛んでいき、ズバンッと的に命中した。が、単に刺さったのではなかった。美羽の放った新しい矢は一射目とまったく同じ場所に飛んでいき、先に刺さっていた前の矢を正確無比に貫いてから的に当たった。射抜かれた前の矢は、木っ端みじんに吹き飛んだ。

「な……」

その場にいた全員が言葉を失くした。

弓道の世界には、継ぎ矢というものがある。放った矢が前の矢の矢筈《やはず》——矢の末端部分に突き刺さり、二つの矢が連結したようになる現象だ。めったに起こらず、ましてや狙ってできるものでは決してない。

しかし、それと似たことが、いや、それ以上のことが目の前で起こったのだ。矢で矢を貫いて破壊してしまうなど、誰も見たことも聞いたこともなかった。

「なにみんなシンとしてんの⁉　偶然に決まってるでしょ⁉」

平さんは明らかに動揺した口調で声を上げた。

「それに、どう当たろうが一中《いっちゅう》は一中じゃない！」

美羽は淡々と返事をした。

「そうですね。次は先輩の番ですよ」

「言われなくても分かってるから！」

平さんは弓を構えた。そして矢を放つと、バシッと的に命中した。

「おー、すごいメンタル」

美羽が言うと、平さんは口にした。

「バカにしてんの？　こっちはダテにエースを張ってないってーのっ！」

だが、次の美羽の一射で場は完全に凍りついた。

素早い動作で放たれた矢は、またもや前の矢の矢筈をズバンッと貫き吹き飛ばし、ど真ん中に命中したのだ。

「さあ、どうぞ先輩」

平さんは青ざめた顔で立ち上がり、矢を放つ。それはなんとか的に当たる。

「すごいですねー」

美羽は涼しい顔で立ち上がり、弓を構える。放たれた矢は今度も前の矢を貫き破壊して、的のど真ん中に命中する。

「ちょっと、どうなってんの!?」

平さんが声を上げた。

「なにかインチキしてるでしょ!?」

「いえ、私は普通にやってるだけですよ。望むままに何でも射止める。それが私たち射手の持つ力ですから」

「何でも射止める？　何ふざけたこと言ってんのっ！」

平さんは前に進み、矢を放つ。見事に的に命中する。平さんの中で何かが吹っ切れたようだった。

「とことんやってやろうじゃない！」

美羽がズバンッと矢で矢を射抜く。

平さんも負けじと的に当てる。

異次元の戦いに、誰も拍手さえできないでいる。

何十射を放とうとも、美羽は変わらず平然と、まるで精密機械のようにど真ん中を射抜きつづける。

平さんも大量の汗を流しながらも食らいつく。

しかし、ついにそのときが訪れた。

平さんが放った矢が、わずかに的から外れて安土に突き刺さったのだ。

その瞬間、平さんは大声で叫んだ。

「違う！　違う違う違う！」

平さんは錯乱していた。

「認めない！　私は負けてなんかないっ！　こんなおかしなことが起こるはずないっ！」

そうだ、と平さんは美羽に言った。

「あんた何でも射止められんでしょ⁉　だったらやってみなさいよ！」

平さんは夕暮れどきの空を指差す。

「あの夕陽を射抜いてみなさいよ！　ほら！　何でもできるんでしょ!?　ほらほらほら！」

次の瞬間のことだった。

美羽が空に向かって躊躇《ちゅうちょ》なく弓を構えた。

「仕方ないですね。特別ですよ？」

直後、美羽が弓の力を解放した。

その瞬間だ。ドンッという衝撃波がやってきて、私はとっさに顔を覆《おお》って目を閉じた。ズバンッと何かを射抜いたような音だけが聞こえてきて、次に目を開けたときには矢はどこにも見当たらなかった。

「あははっ！」

へたりこんでいた平さんはヒステリックに笑った。

「なんにも変わってないじゃない！　何でも射止める？　ウソつき！　ウソつきウソつきウソつき！」

「ウソじゃないですよ」

美羽は冷めた口調で言った。

「まあ、これに懲《こ》りたら後輩いびりはやめることです」

そして、美羽はこちらに来た。

「じゃ、私は帰るね」

美羽はつづけた。

「その前にひとつだけ約束して。これからは、ひとりで背負ったりしないって。何かあったら言ってよね。私たち、友達なんだからさっ！」

「うん……」

私は泣きそうになりながら、ありがとう、と美羽に伝える。

そうそう、と美羽は言った。

「空のアレ、あの人がちゃんとおとなしくなったら元に戻すから、また教えてねー」

私は尋ねる。

「美羽、ホントに夕陽なんて射抜いたの……？」

「もちろん」

「何か起こるの……？」

「それは秘密」

それだけ言うと、美羽は颯爽《さっそう》と去っていった。その姿を、私はずっと眺めていた。

美羽が何をしたのか分かったのは、少し時間が経《た》ってからだ。

その現象を目の当たりにして平さんはずいぶんショックを受けたようで、その日を境に人が変わったように静かになった。

「そろそろ許してあげてもいいんじゃないかな……」

西の空を眺めながら、私は呟《つぶや》く。

あの日以来、美羽に射抜かれた夕陽は空の一角に固定され、一向に沈まないまま佇んでいる。

TO BE
CONTINUED...

日本一

解説　短い自由、「if」の解放

神野紗希《こうのさき》
（俳人）

ショートショートと俳句は似ている。

まず、どちらも短い。俳句は五七五、たった十七音の詩だ。ショートショートも明確に字数が決められているわけではないが、その名の通り「短い」ところにその特質がある。

では、短いと、何が起こるか。

柿くへば鐘が鳴るなり法隆寺《ほうりゅうじ》　正岡子規《まさおかしき》

明治二十八年、故郷・松山から東京の自宅へ戻る途次、奈良に立ち寄って詠んだ俳句だ。柿をひと齧《かじ》りした瞬間、ゴーンと鐘の音が聞こえてきた。法隆寺の鐘だろう、奈良の秋をしみじみ感じることだなあ……。

なぜ桃や栗ではなく柿だったのか、鐘が鳴ったから何なのか、十七音の中でくどくど説明をするほどの長さがない。俳句は短いので、説明できない。逆に考えれば、説明をしなくてよいということだ。柿を食べたら鐘が鳴った、それだけ。読者は理屈を抜きにして、十七音の窓からVRのように、奈良の秋をたっぷり追体験する。

ショートショートも、短いからこそ、理屈の説明をひらりと省略して物語を進めてゆく軽やかさがある。なぜ上司が一寸（＝身長三センチ）なのか、なぜ数字の「4」が恩返しするのか、なぜワンピースの水玉が転げ落ちるのか、不可思議な出来事は所与のものとして、ストーリーはさくさく進んでゆく。そのスピードに遅れまいと飛び乗って、読者も物語世界を疾走する快感が生まれるのだ。

では、説明を省略することでもたらされるのは何か。正岡子規は随筆で、柿の句の裏話を次のように語っている。

　この時は柿が盛《さかん》になっておる時で、奈良にも奈良近辺の村にも柿の林が見えて何ともいえない趣《おもむき》であった。柿などというものは従来詩人にも歌よみにも見離されておるもので、殊に奈良に柿を配合するというような事は思いもよらなかった事である。余はこの新たらしい配合を見つけ出して非常に嬉しかった。（「くだもの」）

柿は生活に深く根差した果物だったので、日常卑俗なものとして詩や和歌のモチーフに選ばれず、これまでの文学的な美の価値観からこぼれ落ちて来た。一方、奈良といえば、日本の歴史を代表し、歌枕も多く蔵する土地だ。たまたま訪れた秋に見つけた、柿と奈良との組み合わせを、子規はたいそう面白がった。そして、十七音の中で、二者を大胆に結びつけてみせた。過去の詩歌の常識にとらわれていては生み出せなかった、イノベーションを起こしたのだ。

短いからこそ説明が省略され、自由な発想がイノベーションを起こす。これは、ショートショートにも共通することだろう。この『おとぎカンパニー　日本昔ばなし編』でも、田丸さんは、私たちの慣れ親しんだ昔ばなしの枠組みを、現代社会の日常に点在するさまざまな事象とドッキングさせ、懐かしさの上に新しい火花を散らせてみせる。

たとえば、冒頭に置かれた「一寸上司」は、「一寸法師」を下敷きにしたお話だ。配属された商品企画部には、一寸法師のように背丈の小さい部長＝上司がいて、一見バリバリ働いているように見えるのだが、実は部内への差し入れのお菓子を経費申請していたり、後輩の手柄を自分のものにしたりと、要領がよくてせこい人間であることが分かってくる。背丈は小さいけれど人間としての器は大きかった「一寸法師」に対して、一寸上司は、なんと器も小さい。昔ばなしが勧善懲悪《かんぜんちょうあく》をベースにしているのに対して、一寸上司の情けなくコミカルな展開が、からりと現代的ではないか。

「わらしべ長者」をベースにした「わらしべエージェンシー」では、物々交換のプロ集団が登場する。エージェントはクライアントから物を預かり、交渉して別の物と次々に交換してゆく。最終的に目的のものにたどり着けば、見返りとして報酬をもらうというビジネスらしい。そんな会社あるわけないという新鮮な驚きと、いや、どこかのベンチャー企業が試しているかもしれないぞ、と頷《うなず》く納得感と。この「驚き」と「頷き」のバランスが、アイディアには重要なのだろう。

「三枚のお札」を翻案した「お札の力」の舞台は、家電メーカーのお客様対応担当の部署だ。新入社員がコールセンターで見たものは、お客様からの問い合わせに対応してくれる、電話に貼った不思議なお札。しかし、このお札すら震えあがらせるクレーマーの登場により、会社の人材獲得の裏が見えてきて……。もとの昔ばなしでは小僧を食べようと追いかけてくる鬼婆が、田丸さんの現代版ではクレーマーとなって現れる。資本主義の消費社会を生き抜く会社にとって、クレーマーの存在がいかに恐ろしいかという現実が、昔ばなしのパロディにより、毒気たっぷりに浮き彫りとなった。

どのストーリーも、現代の暮らしがベースとなっている。どこか遠くの架空の国を舞台にすれば、ファンタジーとして気楽に味わえるかもしれないが、田丸さんはそうしない。取り扱われるのは、現代の私たちが頭を悩ませる諸問題だ。器の小さい上司（「一寸上司」）、つらい記憶のトラウマ（「ロゴから生まれた」）、高齢化社会・消費社会の孤独（「わらしべエージェンシー」）、ルッキズムの呪縛（「RYU—GU」）、リストラによる雇用問題（「将門の呪い」）、カスタマー対応（「お札の力」）、先輩のパワハラ（「百中の射手」）……。生活の地続きの出来事として「もし、こんなことがあったなら」を書き広げることで、そのストーリーを受け取る私たちは、日々の中にあったかもしれないもう一つの可能性に驚き、微笑み、ときには深く考え、読み終わったあとに少しだけ肩の荷が軽くなる。

ショートショートの源は、「if」の想像力にある。もし、ライバルの活躍に裏があったら。もし、リストラされても働ける会社があったら。もし、「桃太郎」や「浦島太郎」みたいな出来事が現実に起こったら。もし、「花咲か爺さん」の灰が、人の憂いや疲れも取り除き、心にも花を咲かせてくれたら。もし、弓の名手が空の夕陽を射抜いたら。「もし、こんなことがあったなら」という想像力が、現実の地平から、重たい私たちの心をふっと浮かせる。仮定のもたらす小さな旅からふわりと戻ってきたとき、変わり映えしないように思っていた世界が、少し風通しのよいものに見えてくる。

ショートショートを動かす「if」は、私たちを現実の呪縛からひとときを解放し、自由にする力をもっているのだ。

実は、田丸さんと私は、ふるさとがとても近い。愛媛県松山市出身で、実家は隣町の距離にある。瀬戸内の海光《かいこう》のほとりでのんびり育ったせいか、東京に住んで二十年経った今でも、都心のスピード感には慣れない。田丸さんももしかしたら、ふるさとと東京、現代社会をまのあたりにしたときのギャップが、物語を生み出す原動力のひとつになっていたりして。

出身高校も同じなのだが、その高校の大先輩に、「柿くへば」を詠んだ正岡子規がいる。子規の残した二万四千句の俳句の中に、昔ばなしをモチーフにしたものを見つけた。日本昔ばなし編、俳句バージョンだ。

桃太郎は桃金太郎は何からぞ　　正岡子規

桃太郎は桃から生まれた。では、金太郎は？　男の子がほしいという夫婦へ向けて、元気な子どもが生まれますように、との願いをこめて贈られた句だという。みんながよく知っている昔ばなしを下敷きにすることで、励ましの思いがユーモラスにあたたかく伝わる。

子規は、明治という時代の転換期に、俳句や短歌を生まれ変わらせた。過去のよきものを次の時代へ引き継ぐために、大胆な革新に挑戦したのだ。子規の求めた、新しい時代の言葉の自由。松山の育てたイノベーションの力は、田丸さんの中にも今、息づいている。

二〇一九年一二月　光文社刊

光文社文庫

おとぎカンパニー　日本《にほん》昔《むかし》ばなし編《へん》

著　者　田《た》丸《まる》雅《まさ》智《とも》

2022年12月20日　初版1刷発行

発行者　三宅貴久
印　刷　新藤慶昌堂
製　本　榎本製本

発行所　株式会社　光文社
〒112-8011　東京都文京区音羽1-16-6
電話 (03)5395-8149　編集部
8116　書籍販売部
8125　業務部

落丁本・乱丁本は業務部にご連絡くだされば、お取替えいたします。
ISBN978-4-334-79456-9　Printed in Japan

組版　萩原印刷